星へ行く船シリーズ 6

A Ship to the Stars series

星から来た船

上

新井素子

Motoko Arai

出版芸術社

目次

装画　大槻香奈
装幀　名和田耕平デザイン事務所

星から来た船

上

OPENING

いつまでも、いつまでも、決して忘れないと思う。

あの雨の晩、所長がかなり酔っぱらって、うちの玄関をたたいた時のことを。


それは六月の日曜日のことだった。

日曜で——だからうちの事務所は休みで——あたくし、朝から、ぼんやりと、好きな音楽を聞いたり、本を読んだりして一日をすごしていたと思う。

朝から雨が降っていた。ここ、火星では雨の日は極端に少なく（というか、もっと有体《ありてい》に言ってしまえば、完全なドーム都市で気候が制御されている火星では、雨が降るのは年に三回だけなのだ）、南むきのサッシの窓辺に椅子をひきよせたあたくし、雨を見ながらシンフォニーなんて聞くのもなかなか素敵な休日のすごし方なんじゃない、なんて軽い自己満足を感じたことを覚えている。

で、まあ、平和な一日が暮れ、銀色の雨足は闇にまぎれて見えなくなり……そんな時、玄関でふいに凄《すご》いノックの音がしたのだ。

どんどんどんどん、どんどんどん。

最初、それを聞いた時、一体何事なんだろうって、思わずびくっとしたものだった。何故ってこの家には――いや、普通の家には――いくら何でもインターホンというものがついており……そもそも人の家を訪ねてまずノックするというのは、現代ではかなり非常識な行動だもの。

それに。実はあたくしの生まれ育ったこの家は、今時の火星では珍しい、かなりちゃんとした一戸建ての家で（先祖が殆《ほとん》ど火星開拓初期に移民してきた為《ため》、我が家は土地にだけは不自由していないのである。いわゆる、新興火星成金って人種なのね）、二階のあたくしの部屋までこんなにどんどん音がひびく筈《はず》がないのだ。逆に言うと、ここまで音がひびく以上――戸をたたいている人間は、非常識の上に非常識をかさねた莫迦《ばか》で、それこそ我が家の玄関をたたき壊さんばかりのいきおいで、ノックをしているってことになる。

で。こんなことを考えていると。

ぴたっとノックの音がやみ——しばらく静寂が続き——やがて、あたくしの部屋のドアの処《ところ》で、こちらは極めて常識的な、ごく普通程度のノックが聞こえた。

「はい……何？」

「……あのね、麻子《あさこ》」

何だかおそるおそるって雰囲気でドアを開けたのは、うちの母だった。

「あ、お母さん。何？　先刻《さっき》のあの音、何だったの？」

「その……水沢《みずさわ》さんが、来てるんだよ。……どうしようか、麻子、ひきとってもらう？」

「え？　所長が？　ひきとってもらうって、お母さん、どうして」

こう言った時には、すでにあたくし、立ちあがっていた。水沢さんっていうのはあたくしのつとめ先の所長で、あたくしの上司で……そして、親も認めるあたくしの恋人のことなのだ。まだ婚約こそ正式にはしていないものの、それは所長のお母様が半年程前に亡くなった為、所長が喪に服しているからであって……親も認めた、ほとんど婚約者みたいな人があたくしを訪ねて来たからって、何だって、ひきとってもらわなきゃいけないのか、それがさっぱり判《わか》らなかった。

「いえその……ね、普段だったらすぐにお通しするんだけど……先刻の、あのノック、あれ、水沢さんだったんだよね……」

「所長が？　どうして？」

……何だか莫迦みたいだけれど、あたくしは、この時、どうしてばっかりを連発していた。母の言動といい、所長の行動といい、それまでのあたくしの知っている二人のそれとは何だかやけに違っていて、妙な、とらえどころのない不安を抱かずにはいられなかった。

「いえそれがね……水沢さん、どうやら酔っぱらっているみたいでね……」

「酔っぱらってる？　所長が？　ほろ酔いっていうんじゃなくて？」

「もう、泥酔。べろべろ」

「所長が？　どうして！」

ほろ酔いだけでもかなりあり得ないことだったけれど、泥酔に至っては。完璧に、絶対、あり得ないことだった。だってあの所長の性格を考える限り……あの人は、泥酔して人前にあらわれるくらいなら、まず間違いない、もよりの池にでもプールにでも飛びこむ方を選ぶだろう。

「どうしてって……そんなこと、お母さんが知るもんですか。それに……何か、泣いているみたいで……」

「泣いてる⁉　所長が？　どうして⁉」

それこそ、絶対、あり得ない。人前で泣くくらいなら、所長は絶対、自分の頸《けい》動脈かき切ることの方を選ぶ筈だ。

「だからね、麻子。今日の処は水沢さんにひきとってもらおうかと思うん……」

あたくし、もう母の台詞《せりふ》を聞いていなかった。

何か、あったんだ。

何だか全然想像もつかないけれど、想像もできないような大変なことが、何か、あったんだ。

「麻子！　待ちなさいよ、何だか今日の水沢さんはおかしいんだから……麻子！」

何があったんだろう、何があったんだろう、何が。所長が泥酔して泣くような……何が？

ひきとめようとする母の手をすり抜け、階段を半ば駆けおり……あたくしの心は、不安と心配で壊れそうになっていた。

「麻子ぉ……」

階段の下、玄関ホールに、所長は、いた。靴を脱ぐでもなく、玄関にぺたっと腰をおろして。

その様子を見ただけで、ただごとではないということが、よく判《わか》った。

所長の、目は血走っていて、髪はぐちゃぐちゃで、ネクタイはしめているというよりはぶらさがっているって感じで……平生《へいぜい》、身だしなみに相当気をつかい、だらしなく見えることを嫌う所長と、ここにいる人とが同一人物だとは、とても思えなかった。そしてそれから。

「麻子……麻子ぉ」

うなるように、うめくようにこう言って、あたくしの顔を見上げた所長の目には、確かに涙がにじんでいて……。

「ど……どうしたんですか、所長」

「太一郎《たいちろう》から……手紙が来たんだ……」

「は？　太一郎、さん？」

初めて聞く名前だった。

「太一郎が……来るっていうんだ。太一郎が来るっていうんだよ、火星に！　おふくろに会いに！」

「え……えーと……太一郎さんって人が、お母さんに会いに火星に来たとして……で、それが？」

あたくしには、全然、所長の言っていることが判らなかった。だってその……初めて名前を聞く、太一郎さんとかって人が、母親に会いに火星に来るからっていって……で、何で所長がとり乱さなきゃいけないのか、これは理解しろって方が、無理じゃないだろうか。

「だって知ってるだろ、死んじまってるんだよ。おふくろは！　半年も前に！」

と。あたくしが所長の言っていることを理解できないでいるせいか、所長は、苛々《いらいら》と体を震わせて、こんなことを言う。

「え……じゃ、その太一郎さんって人が会いに来るのは、所長のお母様、なんですか？　そりゃ……わざわざ火星くんだりまで来て、肝心のお母様がお亡くなりになっているのは残念でしょうけど……」

「違うんだってばっ！　太一郎は、おふくろに会いに来るんだ！　生まれてから二十年間、生き別れだったおふくろに！　一目だけ、会いたいっつって！　それを一足違いでおふくろはすでに死んじまっただなんて……俺はどんな顔をして太一郎に言えばいいんだ！」

「え？　あれ……だって……その太一郎さんが会いに来るのは、所長のお母様……じゃ、ないんですか？」

あたくし、少なからず、混乱した。所長が何を言っているのかよく判らなかった。

そしてそれから、何だか、自分でもよく判らない、どす黒い思いが心の底からわいてくるのも、感じていた。

所長は今、あたくしのことを〝麻子〟と呼んだのだ。今までは、ずっと〝麻ちゃん〟と呼んでいたのに。

〝麻ちゃん〟から〝麻子〟になる日。別に他人行儀って訳じゃないけれど、ちょっと気をつかっている呼び方の〝麻ちゃん〟が〝麻子〟になる日を、あたくしはずっと待っていたのだ。

（もっとも……これは、言えた義理じゃや、ないかも知れない。あたくしなんか、未だに所長のことを、〝良行《よしゆき》さん〟なんてとても恥ずかしくて呼べずにいるのだから……。）

そして、今、念願の、〝麻ちゃん〟が〝麻子〟になる日が来て――なのに、所長の心の中を占めているのは、決してあたくしのことではないのだ。何者とも知れない、〝太一郎〟って名前の人のこと。

それが何だか……それが妙に口惜しくて……黒いものが、心の中に、ひろがってゆく。

「そうだよ！　太一郎が会いに来るのは、俺のおふくろだ」

「……え……？」

「弟なんだよ、太一郎は！　二十年間、生き別れだった！」

「え？　……ええ!?」

……知らなかった。所長に弟さんがいて、それも二十年も生き別れになっている弟さんだなんて……今の今まで、聞いたことも、なかった。

「二十年間……ずっと会いたいと思ってたんだ。その太一郎が来てくれて……来てくれて……あいつは一目おふくろに会いたいって言っていて……なのに、おふくろは死んじまってるんだ！　ほんの一足違い、半年の差で、死んじまってるんだ！　畜生、俺は太一郎に何て言ってやればいいんだよお……どんな顔して太一郎に会えばいいんだ……」

「……所長……」

身を震わせてこう呻《うめ》いている所長の背中をそっとなでながら。

あたくしは、生まれてはじめて自分の中にわきあがった、黒い思いをどう始末していいのかもて余していた。

所長は、今、とり乱している。とんでもない醜態をさらしている。そして、これはすべて、二十年間生き別れだった、太一郎さんって人の為なのだ。

あたくしの為なら。あたくしに何かあったとしても。所長は、ここまでの醜態をさらしてくれるだろうか？

そう。
あたくし、この時、生まれてはじめて、明確な嫉妬《しっと》の感情を覚えたのだ。
まだ見ぬ、太一郎さんという人に対して――。

PART I 宙港にて

その、忘れもしない雨の日の、ちょうど一週間後。あたくしと所長は、火星のリトル・トウキョウ・シティの宇宙港にいた。二人共まだ見たことのない（もっの凄《すご》く正確に言えば、所長は、生後数時間から生後一週間までの間の太一郎さんを、何回か病院で見たことがあるのだそうだが）、太一郎さんって人に会う為《ため》に。

と、こう書けば。

何だかあの雨の日から今日まで、時間はスムーズに流れたように聞こえるだろうけど……実は、あのあと、いろいろと、本当に大変だったのである。

一時のショックと酔いがさめてしまったあとで。何せ日頃、あまり人の目につかない処《ところ》でダンディと気障《きざ》をきどりまくっている所長のことだもの、もう、落ちこんでしまったのなんの。

奈落の底まで落っこちちゃって、奈落の底をほりだして……最後の頃には、奈落の底でボーリング作業はじめて井戸ほって、で、その中にもぐりこみそうな精神状態になってしまったのね。(……何か……我ながらかなり無茶苦茶な言い方をしてるとは思うんだけど……何となく、イメージは、判《わか》るでしょう?)

で、あたくしとしては。まず、こんな状態の所長をなぐさめてはげましまして（これだけで、殆《ほとん》ど一週間、かかってしまった……）、それから、まったく脈絡なく、ぽつりぽつりって感じで所長の台詞《せりふ》の中に出てくる太一郎さんって人がらみの単語をまとめあげ、この二人の関係エトセトラを想像して。（やっぱり、自分の恋人に、今まで自分が全然話してもらえなかった、生き別れの弟がいるって、興味本位ではなく、ぜひ知っておきたい話だと思うし……それに何より、太一郎さんという人は、あたくしに嫉妬《しっと》って感情を覚えさせた最初の人なんだもの。）

で、今。未だに、「おふくろが一足違いで死んじまっただなんて……俺は太一郎に何て言ったらいいんだろう……」って呻《うめ》いている所長をはげましながら、二人で宙港《ちゅうこう》まで来た処。ちなみに太一郎さんは、二十五分後に着く予定の定期船に乗っている筈《はず》。

これから太一郎さんの乗った船が着くまであと二十五分も余裕があるし、それに入国手続きや何やで更に時間がかかることは確実だし、さて、この時間を利用して、この一週間であたくしが所長から聞きだした太一郎さんって人の話を、ちょっとまとめてみようかしら。

それに。

考えてみれば、あたくしがどこのどういう名前の人物で、所長っていうのが何やってるどんな人なのか、まだ全然説明してなかったのよね。

そんなことも含めて、太一郎さんの話っていうのを、ちょっとまとめてみるね……。

★

まず、語り手である、あたくしのことから書きだすことにしよう。

あたくし、田崎《たざき》麻子といって、去年、火星のとある女子大を卒業した。

大学在学当時から、あたくしには将来をちかった恋人がいて——それが、先刻《さっき》から所長、所長って話に出てくる、水沢良行さんである。

で、所長、およびうちの親の意向では、最初、あたくし、大学を出たらすぐ、所長と結婚する筈だったのだ。ところがそれは、あたくしが嫌で。(あ、勿論《もちろん》、所長が嫌いだとか、そんな理由がある訳じゃない。ただあたくし、成金の親におかいこぐるみで育ててもらい、大学まで出してもらって……いくら好きな人がいるからって、そのまますぐ、その人と結婚しちゃうのが、実はちょっと嫌だったのだ。せめてほんの一、二年でも、自分の力で働いて、自分の手で自分の生活費くらいかせぐ生活をしてみたかった。)……結果として今、あたくしは所長の事務所で一般事務と経理のような仕事をしている。(あ、彼のことを〝所長〟って言うのは、つとめだしてからついてしまった癖《くせ》。それまではあたくし、彼のことを水沢さんって呼んでいたのだけれど、仮にも社会人になった以上、公私混同はしたくなかったので、意地でも事務所では彼のことを〝所長〟って呼ぶようにしてたのね。そうしたら癖がついちゃって、今では、家で、恋人である彼の話をする時にも、いつの間にか彼のことを〝所長〟って呼ぶようになっちゃってたの……。)

と、まあこう書いてきて……実は、自分でもちょっと、今の文章って情けないかなって気も、しないでもないわね。一年でも二年でもいいから自分の手で生活費をかせいでみせる、なんてえらそうなことを言っといて、で、自分の恋人の事務所につとめているんじゃ……ある意味で、これってもろに甘えてるってことみたいだし。この辺、意地の悪い人にかかったら〝働くって言ったって、所詮お嬢さんの社会勉強っていう奴か〟なんて言われそう。

ただ、一応自己弁護をさせてもらえば。あたくしの仕事って結構ハードなもので——公平に言ってとても社会勉強なんてものじゃないのよ。

あたくしの仕事先——『水沢総合事務所』という処——は、その、何て言うのか、一昔前の私立探偵事務所、のような仕事をしているのだ。それも、(所長のつもりでは) もろにハードボイルド路線の。(ただその……所長のつもりではって単語をかっこでくくってあることで、ある程度察しがつくと思うけど……うちの事務所はハードボイルドだって思っているのは、所長だけかも知れない……。) で、別名を、『水沢やっかいごとよろず引き受け業事務所』って言う。(ハードボイルドって単語のあとで、やっかいごとよろず引き受けます、みたいな言葉を出すと、大抵の人がずっこけちゃうんで嫌なんだけれど……どういう訳か、うちの所長、“Trouble is my business”を、〝やっかいごとが俺の仕事だ〟って訳しちゃうもんで……。私、所長の英語力には文句をつける気はまるでないんだけれど、所長の日本語のセンスには時々疑問を感じる……。)

ただ、私立探偵事務所みたいなものって言っても、何せ所長の趣味でハードボイルドやっているでしょ、そのせいでうちの事務所は、一般の私立探偵事務所が引き受けそうな仕事は、大抵、しない。たとえば、お見合い相手の人物調査だの、企業が採用時にやる入社予定者の素行調査だの、夫の浮気の調査なんか、所長、まず絶対、引き受けない。所長に言わせれば、これらの調査って、どう逆立ちしてもまず、ハードボイルドじゃないからやらないんだそうだけど……その姿勢は、理解できなくもないんだけれど……なら、『やっかいごとよろず引き受け業』って言い方は、何とかした方がいいような気がする。

そして――では。そういう調査を一切しないで、何をやっているのかって言うと、所長のめがねにかなった、変な、ないしは何が何だかよく判らない依頼と、どう考えても私立探偵に依頼するのはおかしい、普通だったら刑事事件になる、本来警察に訴えるべき依頼と、合法と非合法すれすれの――ううん、これまたどう考えても非合法って依頼ばっかり。つとめだした最初の頃は、よくもまあこう変な依頼ばっかりうちの事務所には来るもんだなって驚いていたけど（他の探偵事務所につとめたことがないので断言はできないのだけれど、普通、信用調査や素行調査の類を一切しないでこんな変な依頼ばかりえりごのみしてたら、その事務所、つぶれてしまうと思う……）、もう慣れた。それに最近では、〃変な依頼、訳の判らない依頼は水沢事務所に〃っていうのが業界の常識になってきたみたいだし。

と、まあ、この辺まで書いてくると。あたくしの仕事が、一応お嬢さんの社会勉強ってものより大変そうだなって、感じだけは、してきたでしょ。でも実は――本当にハードなのは、変な依頼だの非合法の依頼だのが来るからじゃ、ないのだ。それに大体、あたくしは直接依頼をうけて動く仕事はさせてもらっていない。

じゃ、何が、本当にハードで社会勉強ってものではないのか。その話は、まだちょっとおいといて……その前に、うちの事務所の他のメンバーとうちの事務所の成り立ちの話を書いておきたい。

うちの事務所ができたのは、あたくしがつとめだす一年ちょっと前のことで、当時の構成員は、所長ともうひとり、熊谷正浩《くまがいまさひろ》さんという人だけだった。熊谷さんは、うちの事務所の最年長者で（……もっとも三人しかいない事務所で最年長だの最年少だの言ってもあまり意味はないと思うけど……）、世間知、世故ってものにたけており、人情味ゆたかで……その、もっぱら、対人関係の折衝《せっしょう》と、社会との折り合いってものを担当している。

で――当然のことながら、人生相談事務所ならまだしも、仮にも探偵事務所と呼ばれるものが、世故や社会常識だけで運営できる筈がなく……残りの、調査、推理、実地活動、場合によっては非合法活動、依頼を遂行するのに必要とされる腕力（場合によっては暴力）、エトセトラ……これがすべて所長一人の担当で……。

もっとも。所長という人は、この手の仕事にやたらととにかく向いているのである。ま、自分で選んでこういう仕事をはじめたんだからそれも当然だけれど、やっかいごとの渦中におちいればおちいる程、事件が面倒くさく訳の判らない様相を呈してくればくる程、不思議に元気に、はりきってしまう。それに実際、事件解決に必要とされる能力も、経験も、ついでにコネも、見事に充分ある人だし。

（一応所長、大学出たあと、この業界で最大手の探偵事務所で六年程実際に仕事をしており、そこのナンバーワンになってから独立したのだ。だから経験もコネも充分にあり……ひらいたばかりの探偵事務所で仕事のえりごのみができるのは、かつての所長の業績とコネのおかげである。あ、でも、こんなこと書くと所長の年を誤解されちゃうかなあ。大学出て、六年つとめて、独立してから約二年……。これを素直に足し算すると、まるで所長、もう三十すぎみたいじゃない。実際の所長は、まだ二十代半ばだからね、念の為。計算があわないのは、高校と大学で、所長が飛び級を繰り返してしまった為なのだ。学校の成績だけ見ても、ま、かなり優秀な人なのである。）

ここまで書いてきて。うちの事務所の最大の問題点に気づいた人が、どれくらいいるだろうか。話題をのばしのばししたのは申し訳なかったけれど……あたくしの仕事が、社会勉強なんてものじゃない、本当にハードでしんどいものだっていうのは、実はそのせいなのだ。

うちの事務所の形態として。

まず、依頼は、所長がうける。詳しい面談やうっとうしい聞きこみ、なかなか口を開いてくれない人との対話は、熊さんの担当（あ、熊谷さんは、通称熊さんって呼ばれている）。実際に調査にあたったり、事件を解決したり、依頼に何とかカタをつけるのは、所長の担当。最後に依頼人に報告するのは、熊さんの担当。

これで。一応、事件は解決してしまうのだ。依頼も見事に完結してしまう。だけど……この形態だと、すっぽり抜け落ちているものがあるでしょう？

そう。

一体誰が経理をつけるのだ？　誰が必要経費を計算し、誰が領収書をまとめ、誰が税務署に提出する書類を作り、誰が所員の給料を計算し、誰が依頼人に正当な料金を請求するのだ？

（あたくしがはいるまでは、これ、熊さんの担当だったのだそう。そんでもって、熊さん、実は経理方面に非常に強い。ただ、対人関係の折衝というもの凄く大変な業務があるので、あたくしがはいった瞬間から、熊さん経理はオブザーバーに徹して、それ、あたくしに丸投げされちゃったのー。）

それにまた、これじゃ、一体誰が事件の記録をつけ、依頼人に報告書を提出するのだ？

（こちらは、あたくしがはいる前は、熊さんが口頭でやってただけだっていうんだから……。）

おまけに。これはあるいはささいなことかも知れないけれど……一体誰が、一応事務所のそうじをし、依頼人が来た時みすぼらしくない程度に事務所の管理をするのだ？　もっと細かいことを言えば、一体誰が切れたトイレットペーパーの補充をし、誰が切れた電球を替え、誰がゴミを分別して出すのだ？（あたくしがはいる前のこの問題については、二度と考えたくない……。何せ、あたくしの初仕事が、二日がかりの事務所の大そうじだったのだから……。）

かくて。入社と同時に、あたくし、気がつくとうちの事務所の、経理、事務、総務の責任者になってしまって……いくら三人しか人がいない事務所だって、社会人一年生の身で、経理と事務と総務の総責任者になってしまったっていうのは、かなりハードなことだと思う。だからその……少なくともあたくし本人は、自分の仕事は決してお嬢さんの社会勉強なんかじゃないって、胸をはって主張したいと思う……。

★

どうやらあたくしの仕事のことと、うちの事務所のことにばかり、いたずらに紙数を費やしてしまったようなので、今度は肝心の、所長と太一郎さんって人のことを書くね。

あたくしと所長が知り合ったのは、あたくしがまだ学生で、所長が大手の探偵事務所で頭角をあらわしだした頃だった。(女子学生と私立探偵の恋、なんて書くと、何だか必要以上にロマンティックな誤解をされそうなので……念の為に書いておくと、この時のあたくしと所長、別に特にドラマティックな出会いもしなければ、事件にまきこまれたりもしなかった。図書館に忘れてしまったノートを所長がひろってくれ、そのお礼をしたり何だりしているうちに何となくつきあうようになったっていう、ありきたりといえば極めてありきたりな出会いだったのだ。)

つきあってゆくうちに、段々、お互いの家庭環境なんかが、聞くともなく、判ってきたのだけれど——それによれば、所長は生粋《きっすい》の火星っ子って訳じゃ、なかったのだ。生まれたのは地球で、小学校にはいる前まで、地球で育ったらしい。

ところが。所長が小学校にはいる直前、お父様が事故か何かで亡くなってしまい……女手一つで育ちざかりの息子を育てなければならなくなった所長のお母様、しょうがないから所長を連れて火星に移民してきたそうなのだ。(文化程度、および経済レベルは、地球、月、火星、太陽系内に沢山あるスペース・コロニー……って順序で高く——早い話、子供一人育てるのにかかる費用の点一つとっても、地球と火星では全然違うのだ。それにまた、今では限られた面積の地球に住めるっていうのは、かなりの特権階級で——逆に言えば、地球の土地、ないしは地球での居住権を売れば、火星で親子二人、生涯生活できる程度のお金にはなる。)

で、所長のお母様、何とか火星で女手一つで所長を育てあげ、所長もまた所長で、お母様の苦労をよく知っているから、奨学金制度だの飛び級だのをフルに利用して、できるだけ早く一人前の人間として独立し――でも、哀しいことに、所長がやっと独立して事務所をひらくとすぐ、まるでそれを待っていたかのように、お母様はお亡くなりになってしまった。何でも所長の話によれば、お父様とお母様は実に仲むつまじい御夫婦だったそうだから……所長が一人前になったのを見届けるとすぐ、お母様はお父様の処へ行ってしまったのかも知れない――。

と、ここまでが。

この間の雨の日まで、あたくしが知っていた、所長の過去だった。

で、新たにあの雨の日、あたくしが知った話をつけ加えると……。

お父様が亡くなった時。実は所長、すでに一人っ子ではなくなっていたのだそうだ。その時すでにお母様のお腹の中には赤ちゃんがいて……。

お母様、相当、悩んだらしい。これから女手一つで、所長一人ですら育ててゆける自信がないのに、更に子供がもう一人だなんて。

ところで、地球には、所長のお母様の実のお兄さんがいた。山崎《やまさき》さんという人で、地球で大病院を経営していたのだけれど――このお兄さんが、昔から所長のお母様をそれはそれは溺愛していたらしいのだ。何でも、その山崎さんと所長のお母様はかなり年の離れた兄妹で、お母様が赤ちゃんだった頃、山崎さん、お母様のおむつの世話なんかもしていたらしく、山崎さんって人にとっては、所長のお母様、妹というよりは娘、それも目の中に入れても痛くないような、最愛の末娘みたいなものだったらしいのね。

で。それだけ溺愛していれば、半ば当然のことだろうけれど、山崎さん、主《あるじ》をなくした所長一家に援助を申し出たらしいのだ。それも、単に経済的に多少の援助をする、なんてものじゃなくて――それこそ、この先の水沢一家の面倒はすべて山崎家でみてあげる、良行君（所長のことよ）の養育と教育は勿論《もちろん》、将来的には山崎病院の幹部にとりたててもいい、いや、もし本人に能力とその気があるのなら、良行君に山崎病院をついでもらってもいい、とまで、言ってくれたそうなの。

お母様にしてみれば、あるいは最初は、山崎さんを頼る気持ちが、ちょっとはあったかも知れないのだ。でも。多少の援助ならともかく、ここまで面倒をみるって言われてしまうと……逆に、普通の人ならとても山崎さんを頼れなくなってしまうじゃない。何か……あまりに、申し訳なくて。

で、結果として。お母様は、地球に残って山崎さんに面倒をみてもらうことをやめ、家屋敷を売り払って、火星で自活する道を選んでしまう。

この時は。当然、すっさまじく、すったもんだしたらしい。片や、山崎さんは、とにかく全面的に面倒みさせてくれって言っている訳だし、片や、お母様は、何とか一人で、やってゆきますって言っている訳だし。

そして、その、すったもんだの間に。山崎さんとお母様との間で、ちょっと奇妙な妥協案が成立してしまうのだ。

お母様は、一人前の人間として、火星ででもどこででも生活してゆける自信はあった。それにまた、所長を何とか育てあげる自信も、あったらしい。ただ――どうにも、自信がなかったのが……お腹の中の、子供のこと。

地球を出て、当座は何とか貯金で生活し、のちに自活するとして、小学生になる所長はともかく、まだ乳《ち》のみ子の第二子をかかえて、果たしてやってゆけるだろうか……？　それにまた、父親の顔を全然知らない――生まれた時にはすでに父親は死んでいた――境遇というのは、まだ生まれていない子供にとって、果たして大変なハンディにならないだろうか……？

山崎さんは、そこの処を、説得したらしい。

お母様が、あくまで、自分一人の力で生きてゆくというなら、それは仕方ない。長男も、もうものごころはついているし、当然母親といる方がいいだろうから、これも仕方ない。でも、お腹の中にいる第二子は。せめてこの子だけでも、山崎家で面倒をみさせてもらえないだろうかって。今なら――生まれてすぐ、山崎家でひきとれば、山崎家の実子のように育てることも可能だし、その子にしてみても、慣れない火星の暮らしで必死になっている母親の手一つで育てられるより、両親そろった山崎家の息子として育てられる方がしあわせではないかって。

(この時にはすでにお腹の中の子の性別は判っていて――男だった――またちょうど、山崎家では前々から男の子を欲しがっていたのだ。ちなみに、山崎家の子供は、四人姉妹だった。)

で、結局、お母様は山崎さんのこの提案をうけいれ、地球で第二子を産み、すぐその子を養子に出し、そののち、火星に移民してくることになるのである。勿論、火星で生活に困ること があったり、その他何か問題が起こったら、いつでも地球の山崎家を頼るって、山崎さんとかたく約束をして。(もっとも、さいわい、お母様、火星での生活に何とか成功し、所長を無事に育てあげることができたので……結局、地球の山崎家を頼らなくて済んだのだけれど。)

かくして。所長には、二十年間生き別れの弟ができ、その上、その弟さんが、〃太一郎〃なんて名前になった訳なのだ。(この名前……不思議じゃなかった? あたくし、所長に、太一郎さんっていう弟さんがいるって聞いた時から、実はこれが不思議で不思議でしょうがなかったの。良行、の弟が、太一郎。日本の伝統的な名づけ法からいっても、これってちょっとおかしな話じゃない。何せ、太郎も一郎も〃長男〃って意味なんだから……〃太一郎〃は全面的にひたすら〃僕は長男だ!〃って主張している名前ってことになるでしょ? 所長が女で、それで弟さんが〃太一郎〃ならともかく、何で次男が〃太一郎〃なのか。……事情を知れば、成程《なるほど》、太一郎さんを養子にもらった山崎家では、お母様のかわりに山崎家の長男として、しっかりこの子を育てさせてもらうっていう、意志表明をこめて、こういう名前をつけた訳ね。)

☆

さて。ここまで話が続くと、ちょっとした疑問がわいてこないだろうか？

地球の山崎家にとっては、火星の水沢家は目の中に入れても痛くない、最愛の妹の家である。火星の水沢家にとって、地球の山崎家は、頼りになるお兄さんの家であるばかりではなく、息子を育ててくれている、大恩《だいおん》ある家である。

こんな状況下で。地球——火星間の距離と運賃の問題で、行き来がとだえがちになるのは判る、その太一郎さんって人と所長が二十年間生き別れになったのもしょうがないとは思う、でも。

でも、手紙や電話まで、まったく音信不通になってしまうようなことが、あり得るだろうか？　どう考えてもそんなことってありそうもないし……所長の性格からいって、お母様が亡くなった時、地球の山崎家に連絡をしなかった筈がないと思うのだ。

とすると。当然、太一郎さんって人は、お母様がすでに亡くなっていることを知っていなくちゃおかしいし……また、所長だって、何も〝どんな顔して太一郎に会えばいいんだ〟なんて悩む必要はないってことにならない？

で、そんなことを所長に聞いてみた処、所長、憮然《ぶぜん》とした顔になって、こう一言。

「……消息が判らんのだ。だからおふくろが危篤になった時も、死んだ時も……何一つ、知らせることができなかった」

「ええ？」

で、話を聞いていたあたくし、驚いちゃって。

「病院……それも、大病院の消息が判らなくなるって……どういうことなんです？」

それとも。二十年前は大病院を経営していた山崎家、この二十年間でどんどんおちぶれてしまったんだろうか？ と、所長、もっと憮然とした顔になり。

「そっちは判ってるよ。麻ちゃん、おまえさんね、どうやれば病院なんてものが消息不明になれると思う訳？ ……現に、山崎のおじさんは、おふくろが危篤の時からずっとこっちに来てくれていたし、おふくろの最期をみとったのも、俺と山崎のおじさんだった」

あの雨の日。一回だけ〝麻子〟になった私の呼び方は、また〝麻ちゃん〟に戻っていた。

「判らないのは、太一郎の消息だ。……あの莫迦《ばか》は十六の時家出して……すでに地球にいないことだけはどうやら確からしいけど……それ以来、今まで、まったく消息不明だったんだ。で、手紙が来て四年ぶりに消息がつかめたと思ったら……冒頭の一行が〝一目おふくろって奴の顔を見てみたい。火星へ行く〟だ」

「……まあ……」

何て言うのか。この時あたくし、確かにちょっとした思いこみを抱いてしまったのだ。

家出。消息がまったく判らなかった。〃一目おふくろって奴の顔を見てみたい〃。いくら山崎さんて人が実子同様に育てようとしたからって、それはそれ、やっぱり養子は養子。実の子でない分、太一郎さんって人、地球で苦労したんじゃないかしら。その上、実の父親は生まれる前に死んでいて、母親と兄とは生き別れで、一目母親の顔を見ようと火星くんだりまで来てみれば、一足違いで母親は死んでしまった……。

かくて。まだ会う前、あたくしの太一郎さんって人に対する印象は——最初は、所長の心を奪った嫉妬の対象であり、ついでとても可哀想な男の子ってものになり……これが、どれ程凄《すさ》まじい誤解であるかは、この時のあたくし、知りようもなかった……。

★

さて。

とまあこんなことを書いているうちに、いつの間にかあれから小一時間がすぎさり——太一郎さんが乗っている筈の宇宙船はとっくに宙港に着き——今、ようやくぽつぽつと、入国審査と検疫を抜けて、人がロビーへと出てきだした。で——こと、ここに至って。

「ね、所長、あの人が太一郎さんって人じゃありません?」

「じゃ、今出てきた人は? 年は大体そのくらいみたいだし」

「……あ、あの紺の上着きてる人！　あの人こそ太一郎さんじゃないかしら。所長、聞いてみなくていいんですか？」

ことここに至って、あたくし、ようやく思いついたのだけれど、所長もあたくしも、太一郎さんの顔を知らないのだ。その上、あたくし達は今日この船で太一郎さんが火星に着くって知っているからここで待っているのだけれど、肝心の太一郎さんの方は、あたくし達がここで待っていることを知らない。(所長あてに来た太一郎さんの手紙には連絡先が書いてなかったので、今日所長が宙港までむかえに行くっていう連絡ができなかったのである。）となると、ゲートから出てくるそれらしい人には、一応ひととおり声をかけてみなくちゃすれ違いになってしまう危険性がある訳で——。

ところが。

そう思ったあたくしが、それらしい年の一人旅の男の人を見るたび、こう所長に注意したのに、所長ったら全然気のないそぶりでそれらの人の顔をちらっと見ては、首を横にふってしまって。

で、そういう事態が七回も続けば。いくら常日頃温厚な性格だって自認しているあたくしでも、段々苛々《いらいら》してくるじゃない。そりゃ、所長には血の絆《きずな》っていう目に見えないものがあって、太一郎さんの顔を一目見ればすぐそれと判るのかも知れないけれど……だからって、そんな目に見えないあやふやなものを過信して、二十年間生き別れの弟と更にすれ違うことになったら……も、目もあてられない。

それに。あたくし達がそんなことをしているうちに、ゲートからはどどどって団体で人の群れが出てきて……その人の群れが一段落したら、がくんとゲートから出てくる人の数、へっちゃって。

「所長ぉ……大丈夫なんですか？　所長だって太一郎さんの顔、知らないんでしょう？　太一郎さん、すでに宙港から出ていっちゃったんじゃないかしら……。ほら、もう、ゲートからは殆ど人、出てきませんよ」

「あのな、麻ちゃん、あせるな。それに大丈夫、まだ太一郎はゲートから出てきてない」

あたくしがちょっと眉根を寄せて苛ついた声を出すと。所長、やっとこっちをまともに見て、なだめるような声を出す。そしてそれから、軽く肩をすくめて。

「それにさ、麻ちゃん。おまえさん本当に理解してんのか？　俺達が誰を待っているのかってこと」

「だから太一郎さんって人でしょ。でも顔が判らないから……あ、ひょっとして所長、太一郎さんの写真か何か持ってるんですか？　もしそうなら、それ、見せてくれなくちゃ」

「写真は、持ってない。どんな顔してるのかってことも、身体的な特徴も、一切知らない。とはいえ……今まで麻ちゃんが太一郎に擬《ぎ》した連中はみんなひどすぎるよ」

「ひどすぎるって……」

「太一郎は、もっと、ハンサムだ。そんでもって、女の子の目から見て、〃わあ、あの人素敵〃っていう容貌してる」

「〃わあ、あの人素敵〃って容貌って……」

所長とあたくしはそれなりにつきあいが長い。だからあたくし、所長のこの台詞がこの先どう続いてゆくか、この時点でおぼろげに読めてしまって……。

「だって俺の実の弟だよ？　俺の弟がハンサムで素敵でない訳、なかろうが」

あうう。やっぱり。

「あの、所長。どうか今の場合はそういう希望的観測はおいといて……」

……ま、いいんだけどね。確かにあたくし、所長のこういう処も含めて好きになったんだから、いいんだけどね。でも……。

「希望的観測？　麻ちゃん、そんな失礼なことを言ってはいけない」

所長、こう言うと、人差し指を一本ぴんと立てて、口の中でちっちっちって音をたてて。

「同じ血をひいている訳だろう？　太一郎が俺の半分程もハンサムなら、それってかなりのハンサムだし、太一郎が俺の半分程も素敵なら、それだけでそんじょそこらの野郎じゃかなわないくらい素敵な筈だ」

いいんだけどね、いいんだけどって言うか、ことこの点に関する限り、もう半ばあきらめているんだけどね、でも……でも、どうしてこう所長って無意味に自信家なの。

そんなこと思って、あたくし、ついつい天井をあおぎ見るとため息をつき――ため息をつき――え?

え?

あの人……誰?

天井をあおぎ見ようとしたあたくしの視界を、一瞬、ゲートの処ですったもんだしている親子連れの姿がかすったのだ。その親子連れ――まだ若い夫婦と二歳くらいの子供が一人――のうち、男の方の人が……男の方の人が……。

「………」

次の瞬間、あたくし、黙って所長をつっついていた。黙って所長をつつき、視線でその親子連れを指し……。

その、男の人。

トータル・イメージは、決して所長に似ていなかった。身長は一六〇くらいしかなく、かなり小柄で(もっとも身長一七六の所長だって、現代人の体格からいうとそんなに長身という訳ではないんだけどね)、髪はバサバサ、無精ひげ生やして――仕立てのいいスリーピースを、見事に〝だらしなく〟着こなしていて。

顔だちの細部なんかも、全然、違う。目は二人共一重だけれど、所長の方がどっちかっていえば切れ長だし、鼻すじだって所長の方が通っている。唇も所長の方がこころもちうすくて形がよく、総じて所長の方がハンサムだって言えるけど。

なのに。でも、
不思議な程、この二人、似ている処があるのだ。目で見て判る部分じゃない、雰囲気に。

眉と目の表情。ゆるくむすんだ口許《くちもと》。二人共、そこの処だけ見ると、見るからにもう、何て言うのか、自信家で、軽い皮肉屋のようで……。

「……あ……あれ？　あれが……太……一……郎……？」

所長、あたくしが指した男の人に視線をそそぐと、しばらくの間口の中で何とも言えないうめき声を出す。

「それにあの……どうやらあの人達が今着いた船の最後の乗客、みたいですよ。あの人達のあとからは誰も出てこないみたいだし……とすると、所長の言うとおり、今までに太一郎さんが出てきてないとすると、あの人がそうだっていう可能性しか……」

「……あれが……太一郎だとすると……」

一応、つつしみってものがあるらしい所長、こう言うとそのあとの台詞をのみこんでしまったのだけど——あたくしには、そのあとの台詞の想像がついた。『あれが太一郎だとすると、どうしてあんまりハンサムじゃないんだろ』。所長、絶対、そう言いかけたのだと思う。

「ま、とにかく」

所長、一回軽く首をふり、今うけたショックをふり払い——それから軽く息を吐いて立ちあがる。

「とにかく行ってみようや。あの男、どういう訳かゲートの処でひっかかっているみたいだから」

PART II

感動……からは程遠い対面

「だから先刻《さっき》から何度も言ってんだろっ！　他人なんだよ、他人っ！」

「でも……ですね、現に子供さんは……」

「……ぱぱ？」

　近づいてみると。この親子連れ、どうやらゲートの処《ところ》でひっかかっているのではなくて、逆に太一郎さんらしい男の人がゲートの係官に食ってかかっているんだってことが、判《わか》った。

「あのねー、お客さんね、困るんですよ。現にお子さんだってあなたのことをパパって呼んでいる訳でしょ？　今更あなたがどうこう言える状況じゃ」

　何が何だかよく判らないけれど、どうやら今、とりこみ中らしい。それが判ったので、あたくし達が太一郎さんに声をかけるのをはばかっていると、とりこんでいる片方の当事者であるゲートの係官が目ざとくこちらに気づき、声をかけてきた。(あるいは、どうやらこのとりこみ沙汰に嫌気がさしていたらしい係官、話題を変える絶好のチャンスだっていうんでこっちに話をふってきたのかも知れないけれど。)

「で、あの、そっちの人は何か?」

「ええとあの……おとりこみ中の処、失礼ですけれど……そちらの方、ひょっとして山崎太一郎さんとおっしゃるんではありませんか?」

「山崎太一郎は俺だけど、あんた、誰? 俺に何か用?」

で。太一郎さんがこう言った瞬間、所長の心の中におさえがたい肉親の情がわいてきたのか、所長の瞳の中から『どうして太一郎はあんまりハンサムじゃないんだろう』っていう訝《いぶか》しみの色がすっと消えてゆき――そして。所長、両手をひろげると顔中に笑みをうかべ、大声でこう言ったのだ。

「太一郎! お兄さんだよ! 会いたかった!」

「げっ」

所長の大仰な喜びの仕種に比べ、太一郎さんは、その瞬間確かにこういう声を出し――そしてそれから、太一郎さんの瞳の中には、つい先刻誰かさんの瞳の中にうかんだものと確かに同じ表情がうかんだ。(これは賭けてもいい、太一郎さん、所長を見た瞬間、『俺の血をわけた兄だっていうのに、どうしてこの男、ハンサムじゃないんだろう』って思ったに決まっている。)

「じゃ、あんたが……水沢良行、さんか」

「おい、太一郎。そんな他人行儀な言い方をするんじゃないよ。俺はおまえの実の兄だぞ。

『お兄さんっ！』って俺の腕の中に飛びこんで来てくれていいんだぞ」

「あのな……」

と、この水沢さんの台詞《せりふ》を聞いて、太一郎さん思わず頭を抱えこみそうになり――それから、大声で。

「誰がするかよ、そんなこと！　それに、あんたは俺の兄なんかじゃない！」

「太一郎……。そりゃ、生まれたばかりのおまえを養子に出したのは、あるいは可哀想なことだったのかも知れないとは思う。でもあの場合、しょうがなかったんだ。それに、客観的に言って、おまえだって山崎家にはいった方がしあわせだった筈《はず》で……。山崎のおじさんは、おまえによくしてくれたんだろう？　決してまま子いじめをするような人じゃないと」

「そんなことを言ってるんじゃねえっ！　俺はもう姉も兄もいらないんだっ！　これ以上親の姉だの兄が増えてたまるかっ！　生まれてから今まで一回も会ってないんだ、あんたは他人だっ！」

「あの……ちょっと失礼」

と。この二人の、二人は真面目にやってるんだろうけれど、はたで聞いてると何だか頭が痛くなりそうな会話に、何故か横からゲートの係官が口をはさんできて。

「つまりその、あなたはこの人のお兄さんなんですか？」

「そうですが」

「兄なんかじゃねえったら！」

この台詞、当然のことながら、前者が所長で後者が太一郎さんである。

「ならよかった、早く弟さん夫婦をひきとって下さい」

こう言うと、係官、太一郎さんのうしろにいた女の人と子供をゲートの中からおしだそうとする。と、太一郎さん、慌ててふり返り、係官の方を向いて。

「よせっ！　違うんだってば！　本当にこれは俺の子じゃないし、そっちだって知らない女だ」

「あ……太一郎。おまえいつの間に女房もらったんだ……子供まで作っちまって……そうか、俺はもう、お兄さんじゃなくて、おじさんかあ……」

所長、どうやら今まですっかり視線が太一郎さんの方へ行っていて、あとの二人のことは念頭になかったらしく、あらためて女の人と子供を見ると、これまた大仰な声を出す。

「だから違うっ！　これは他人だっ！」

「お兄さんからもよく言ってあげて下さい。何でだか判らないけれどあなたの弟さんは肉親を他人だっていう癖《くせ》があるらしい。……何だったら知りあいに優秀な精神分析医がいますから、紹介してさしあげましょうか？」

「……俺は知らねえぞ、何か変なことになっちまって……ほんっとに俺は知らねえからな、ああ、莫迦《ばか》なことをした、火星に手紙なんか出さなきゃよかった」

★

さて、その数分後、あたくし達——所長とあたくし、太一郎さん、それから太一郎さんの奥さんなのかも知れない女の人、そして太一郎さんの子供かも知れない女の子——は宙港の中の喫茶室にいた。

あのあと。

『精神分析医を紹介しましょうか』って言われた太一郎さんは、更に激昂《げきこう》して、とにかくこの子なんか知らない、この女も知らない、水沢さんあんただって兄なんかじゃないってことをわめき続け、あたくしと所長は、一体何だって宙港のゲートで〝この子は俺の子じゃない〞論争なんかしなきゃいけないのかまったく理解できず、ただぼおっと口をあいて見ているしかなく——一時、事態はやたらと紛糾しそうになったのだけれど。太一郎さんのうしろに先刻からずっと立っていた女の人が、「とにかくここを動きませんか？　ゲートの処にずっと立っていたんじゃお邪魔でしょうし」って言ってくれたのをきっかけに、何とか場を宙港の喫茶室に移すことができたのだ。（厳密に言えば、その女の人の台詞で場を移す気になったのは、所長とあたくしとその女の人、そしてやっかい払いができるゲートの係官だけで、太一郎さんは一人、とにかくがんとしてその場を動かず、主張を続けようとしていたのだ。で……四対一で、とにかくあたくし達、太一郎さんを喫茶室にひっぱりこんでしまったのである。)

「まあそうぶつくさ言うなよ、太一郎。往生際が悪いぞ」

「往生際も何もね、水沢さん、あんたは事実を知らないからそんなことを言うけど、実際俺はこの子とは何の関係も」

「まあまあ、その話は、ひとまずおいといて」

太一郎さんがまた先刻の話題をぶり返しそうになったので、所長、慌てて軽く両手をあげ、ストップってジェスチャーをしてみせる。そしてそれから。

「子供のことはね、あとでゆっくりそっちの彼女と話すことにして……とりあえず、彼女を俺達に紹介してくれないか？　……あ、ああ、失礼、それならこちらからまず、自己紹介をすべきかな」

所長、二歳くらいの女の子をひざの上にのせて太一郎さんの隣にすわった女性の方を向くと、にこやかな笑みをうかべる。

「初めまして、お嬢さん。私は水沢良行といいまして、あるいは太一郎からは聞いていないかも知れませんが、太一郎の実の兄です。で、こちらは田崎麻子さん。近い将来、私の妻になる人です」

「あ……初めまして。田崎と申します、よろしく」

慌ててにこやかな笑顔を作ると、その女の人に会釈する。それから——考えてみれば、今まであたくし、正式に太一郎さんに紹介されたって訳ではないのだから——、思いついて、太一郎さんにも。と、女の人、あたくしと所長にむかって等分に会釈を返してくれ、太一郎さんは所長を無視してこちらにだけぺこっと軽く頭を下げてくれ——で。

かなり、長い、沈黙が訪れる。

一応所長があたくしを紹介してくれ、あたくしも挨拶をしたのだから、次は太一郎さんが彼女を紹介してくれる番だと思うのに……どういう訳か、しばらく待っても、かなり待っても、うんと待っても、太一郎さん、口を開こうとしないのだ。あんまり長い間が続くので、彼女が気を悪くするんじゃないかと思うと、あたくし、はらはらして思わず何度か彼女の顔を見てしまい——何回か、彼女と目があってしまった、その時に。

にっこり。

状況が状況だっていうのにまるで気を悪くしたそぶりもなしに、彼女、ほほえんだのだ。すると——もともと彼女、かなりきれいな人なのだ——、何だかまるで、ほほえんだ彼女の口許《くちもと》から花びらがこぼれるような風情になり……。

「初めまして。わたしは、月村真樹子《つきむらまきこ》と申します」

それから、きれいな二重の黒い瞳の奥に、ちょっといたずらっぽい色を浮かべて、月村さん、あたくし達にもう一回、順々に挨拶してくれる。

「初めまして、水沢さん。初めまして、田崎さん。……それから、〝初めまして〟、〝山崎さん〟」

「……初めまして」

月村さんに挨拶されると、太一郎さん、心底いまいまし気な表情になり――それでも、一語一語、吐き出すようにこう言ったのだ。

「え……ええ？」

で。月村さんと太一郎さんとの間で初対面の挨拶なんかがかわされちゃうと、あせるのは所長とあたくしで……。

「お、おい太一郎、それに月村さん、でしたっけか、あんまり悪趣味な冗談はやめましょうよ」

「悪趣味な冗談って何の話だい？」

太一郎さん、実にひややかな声でこう言うと、世にも皮肉めいた視線を所長へとよこす。

「いや、だって、まさかその……二人共、初めましてってことはないだろう、初めましてってことは」

「どうして」

太一郎さん、先刻より一段とひややかな声になると、こころもち首を傾けて、下方からじっと所長のことをねめつけ……。

「何度も言ったと思うけど、俺はこんな女、知らない。誰かさんはろくに聞いてなかったみたいだけどな。……そんでもって、まったくの他人で、初めて会った人と挨拶する訳だから——こりゃ、『初めまして』とでも言うしかないだろうが」

こう言った時の太一郎さんの目には、あきらかに、所長に対して、『はん、どうだ、ざまみろ。人の言うことをきちんと聞かないから悪いんだ』とでも言いたげな色がうかんでいて——。

「じゃ、その……先刻の〝他人だ〟っていうのは、俺のことを兄じゃないって言うみたいな、一種比喩的な意味あいの台詞じゃなくて……」

「完全な、事実だよ。俺はこの女とは、初対面だ。ついでに、この子とも、初対面だぞ。おい、どうするんだよ、水沢さんや。あんたは無理矢理俺を子供つきでこんな処までひっぱってきちまったけど、この子、俺の子じゃ勿論《もちろん》ないし、俺の知ってる子ですらないぞ」

「いや……だってその……まさかそんな……そんな莫迦な……」

太一郎さんにこんなことを言われると、所長、思わず動転してしまい、月村さんと子供との間で、きょときょと視線を往復させる。と、そんな所長の視線の意味を察してか、月村さん、もう一回にっこり笑うと、きれいな唇の間からちろっとピンクの舌をのぞかせて。

「御期待にそえず申し訳ないんですけれど、この子、わたしの子でも、ないんです」

「だってそんな……なら何だってこの子、太一郎にくっついて来たりしたんです……」

こう言いながら。所長とあたくしの視線は、知らず知らずいつの間にか月村さんの方へとひきよせられてしまう。

だって。ま、今更責任転嫁をするつもりはないけれど、でも、この子が本当に太一郎さんとは無関係な子で、ついでに月村さんと太一郎さんも他人だっていうのなら。なら、あのゲートの処での月村さんの行動は何だったのだ？　あの時、月村さん、確かに口に出しては何も言いはしなかったけれど、でも、片手で子供を抱き、太一郎さんのうしろにくっついて歩き——言葉で言うよりもずっとはっきりと、太一郎さんと月村さんとこの子には何か関係があるっていう態度を示していたじゃない。

「……で、さ。初対面の挨拶も終わったことだし」

どんっ。

所長とあたくしが、月村さんに対してそんなことを思いながら、それでもここまでにこやかな態度を月村さんに示されると彼女のことを責めようって気になかなかなれず、何とも態度を決めかねていると。突然、太一郎さん、椅子をうしろにひくと、すわったままでテーブルの上に足をなげだしてしまう。

「水沢さん達はどうも人間の出来がお上品らしくて女の子を問いつめるのは嫌いみたいだけどな、俺はそんなことないんだよ。月村さんって言ったっけか、あんた、何であんな態度とったんだ」

靴はいたままの足を喫茶室のテーブルの上になげだす。それって何とも乱暴な行動に見えて、一瞬、思わず眉をひそめかけたんだけれど——次の瞬間、太一郎さんの真意が判った。我々は喫茶室の奥まったテーブルに陣どっており、月村さんは太一郎さんの隣にすわっていたのだから――成程《なるほど》、太一郎さんがテーブルの上に足をかけていれば、月村さん、その足を何とかしなくちゃ、この喫茶室から出てゆけない。

「あんな態度って、どんな態度……ですの?」

太一郎さんのかなり挑発的な台詞を、にこやかに笑いながら、こちらも聞きようによっては挑発的に、月村さん、うけて――そして。

がたっ。

思わず目を疑った。

無造作にテーブルの上になげだされた太一郎さんの足を、これまた無造作に月村さんひょいとつかみ――ひょいとつかんだまま月村さん、太一郎さんの足を持ち上げてそのまま下へおろしてしまい……。

「げっ」

私の脇で、所長が、先刻の太一郎さんとそっくり同じような声をあげる。

「な、何を」

所長が喉の奥で妙な音をたてたのとほぼ同時に、とおせんぼのつもりで出した足をなんなくはずされてしまった太一郎さん、まっ赤になってうなり声をあげかける。と、月村さん、おそらくは「何をするんだ」とでも言いかけた太一郎さんの台詞を断ち切るようにして。

「山崎さん」

一転して、力強い、まるで目上の人間があきらかに目下の人間の非礼をとがめるような声を出す。

「あなたが個人的に不作法なのはあなたの勝手ですけれど、小さい子の前であまりお行儀の悪いことはしないで下さいません？　小さな子って、大人のやる行動はよくないことであればある程、真似しがちなものですから」

「……う……ぐ……」

太一郎さん、可哀想に、怒りのあまり更にまっ赤になってしまい、満足に台詞が口から出てこない。

「……すげえ……女、だな、こりゃ……」

太一郎さんが思わず黙りこんでしまったのと、ほぼ同時に、所長は所長でうんと小声でこんなことを言い……。

そう、確かに。

今となってはこの人が一体どういう人なんだかまるで判らなくなっちゃったけど、とにかく月村さん、この人は、凄《すご》い。だって今のあれ——あれ——一体、どうやったんだろう？

テーブルの上にのっかっている人間の足をどけるっていうのは、結構やっかいな作業だ。まず足自体結構重いし、その足は他の人間の体ってものにくっついている訳だし、他人の体の一部を勝手に動かすっていうのは、その他人がすっかりリラックスした状態であっても割とやりにくい。まして、今回の場合、太一郎さんは月村さんの行動を封じようとして、〃わざと〃足をテーブルの上にのせていたんだから——その足をどかすのには、かなりの腕力がいるのではなかろうか。

腕力。そう、それにこういう問題だって、ある。

力をこめてテーブルの上にのせられている足をどかす一番簡単な方法は、とにかく力でおしまくることだ。この方法なら（ただし月村さんの〃腕力〃の方が太一郎さんの〃足の力〃より強いっていうとんでもない前提が必要だけれど）、まあ、人の足をどかすのは可能。でも、実際に月村さんがとった行動は——どう見ても、力をこめたって感じが、しなかったのだ。本当にひょいっと、まるで太一郎さんの足が麻幹《おがら》でもできているような感じで……。

「……ま、とはいっても」

それから。月村さん、赤くなったまま何も言えずにいる太一郎さんの方にもう一回視線をそぐと、今度は一転して優しい、聞きようによっては甘やかに聞こえる声を出し、再びにっこり笑う。今度のほほえみは、にこやかさの中にほんのちょっと〃申し訳なかったかしら〃ってニュアンスをこめた、なかなかに複雑なもの。

「確かにわたしが変な態度をとったせいで、山崎さんには大変御迷惑をおかけしました。そのことは、本当に、ごめんなさい」

この台詞と同時に、月村さん、きちんと背筋をのばし、まっすぐ太一郎さんの方を向くと深々と頭を下げる。

「あ……いや……そう、あんた、ころころ態度を変えるなよな」

急に月村さんが神妙になったので、今度は太一郎さん、どうやら怒りとは違う理由でかすかに赤くなる。と、そんな太一郎さんの様子を見て、月村さん、もう一回にっこり笑うと、自分のひざの上にのせていた子供を床におろして立たせて。

「ううん、やっぱり謝るべきことはちゃんと謝らなくちゃいけないから。本当に御迷惑をおかけして申し訳ありませんでした。……じゃ、これでわたし、失礼します」

「え？」

何かあまりにも訳判らなく、急な展開に思わずあたくし達が目を白黒させていると。月村さん、一回しゃがみこんで子供の目の高さと同じ処に自分の顔をおろし、両手で優しく子供の肩をつかみ、ゆっくり子供に話しかける。

「じゃ、あなた、お姉ちゃんと行きましょうね」

「え、おい、失礼しますって、行きましょうねって、あんた……」

太一郎さんが当惑したように月村さんの顔をじろじろ見ている間、子供は子供で月村さんと太一郎さんの顔をきょときょと見比べ、それからおずおずと小さい手を伸ばし、太一郎さんのズボンを握りしめて。

「……ぱぱ……」

「んーと……これが困っちゃうのよね、えーと」

月村さん、一回天をあおぐとまた子供の目をのぞきこんで。

「あのね。パパはこのおじちゃん達とお話があるの。だからあなたはいい子だからお姉ちゃんと先に行ってましょうね。……ね？」

「誰がパパだ、おい！」

「誰がおじちゃんだ、おい！」

月村さんの台詞を聞くと、そんな台詞の細部にかかずらってる時じゃないっていうのに、太一郎さんと所長、殆《ほとん》ど同時にこう叫ぶ。

「ね、パパはおじちゃん達と大切な御用があるのよ。だからお姉ちゃんと一緒に行きましょうね」

月村さんは所長達の台詞を無視し、再びこんなことを言い、子供は子供で納得したのか一回こくんとうなずくと太一郎さんのズボンから手を放し——なのに何を考えてるんだか男性陣は再び叫ぶ。（おそらく二人共、何も考えてなく——というか、半ば条件反射で——〝パパ〟だの〝おじちゃん〟だのっていう、本人達の意に添わない単語に反発したのだろうと思う……。）

「俺はパパなんかじゃねえぞ！」

「その子が俺のめいだっていうならともかく、そうでない以上俺はお兄さんだ、おじさんじゃねえ！」

で。この男性陣の叫びが割と大きな声だったので、子供はびくっとしたのか、瞬時泣きそうな感じになり、それからまたひしっと太一郎さんのズボンをつかんでしまう。

「……莫迦……」

その様子を見ると月村さん、天をあおいでこう言うと額をおさえてしまい――あたくしはあたくしで、思っていた。

この二人は兄弟だ。

そんなこと、たとえ所長から何も聞いてなくたって、すぐ判る。この太一郎さんって人……何だってこうもしょうがないとこばっかり所長に似てる訳？　顔だちや体格はともかく、性格が――それも、似てても何の益もなさそうな処ばっかり――うり二つじゃない。

それから、また。不審を覚えたのも、事実。だって……。

「……ねえ、太一郎さん。失礼なのは判ってるけど、でも、気になるから聞いちゃう。……この子、本当に、太一郎さんには関係ない子？　……あ、別にあなたを疑ってるって訳じゃないんだけれど……ただ、この子が……」

「俺の身に覚えはまるでないっ！　……船の中でも先刻のゲートでも、結局それが原因でひっかかっちまったんだ。俺がいくらこんな子知らないっつっても子供の方がこれだから、みんな信じてくれないんだよな……」

「あのな、太一郎」

と、所長も、あたくしの見解にどうやら賛同してくれたみたいで。

「おまえとこの月村さんって人が初対面だってことは、判った。信じる。だから、確かにおまえには、こと月村さんに関する限り、身に覚えはないんだろう。……けど……何だな、その……男の場合……まあその、別れて一年もたってから、急に『あなたの子供よ』ってのがあらわれる危険性だってない訳じゃなくて、だな」

「……あのな。水沢さんよ」

と。かなり赤くなりながらも何とかこんな台詞を言いおえた所長を見据えて、太一郎さん、まるで地獄の底から聞こえてくるような暗い声でこう言う。それから――しばらくの沈黙をおいて――急に、とんでもないどなり声で。

「あんたはどうか知らないぜ！　けど、俺にはそんなことは絶対、ないっ！　自慢じゃないけど俺は今まで女の子とつきあったことなんか一回もないんだっ！　これで子供ができてたまるかあっ！」

「…………」

言ってしまったあとで。太一郎さん、ふいに、海よりも深い沈黙の中にしずみこむ。で、あたくしと所長と月村さん、しばらくの間、黙りこみ、そしてそれから……悪いとは思ったんだけど……何とかとめようとは思ったんだけど……誰からともなく、くすくす笑いがあたりに満ちて。

「……成程……それは……あまり自慢できる話じゃねえな……」

ふきだすのを必死になってこらえながら所長がこう言った時には、太一郎さん、またまたこみあげてきた怒りのせいでか、はたまたとんでもない発言をしてしまった恥ずかしさのせいでか、再びまっ赤になっていた。

「そんなことは判ってたんだから、わたし、言ってあげればよかったわ。……あ、ごめんなさい。今の〝そんなこと〟って、山崎さんが過去女性とつきあったことがないってことじゃなくて、この子が山崎さんの子供じゃないってことの方だけれど。……ほんと、ごめんなさいね。わたし、先にそう言えばよかった」

月村さんが声をふるわせながら（おそらく、こちらも必死になってふきだすのを我慢しているんだと思う）こう言うと、太一郎さん、器用にも更に赤くなってしまい――今や太一郎さんの顔色は、赤いっていうよりどす黒いって感じになってしまい……。

「月村さん、それ、どういう意味なんです？　いや、そりゃ俺だって太一郎の言うことは信じてますけど……どこかこの子、見ただけで太一郎の子供じゃないって判る処があるんですか」

太一郎さんがゆでだこのようになって当分会話に参加できそうになかったので、このあとしばらく、会話は所長と月村さんとの間でかわされることになる。

「ちょっと見れば山崎さんがこの子の父親ではない――ううん、それどころじゃない、山崎さんには子供がいない、子供はおろか年下の人間をあんまり扱ったことがないってことくらい、すぐ判りますわ」

「えっと……？」

「山崎さんって子供の扱い方がまるで判っていないんですもの。ほんの数分この人とこの子の間の様子を見てれば山崎さんに子供がいないなんてこと、すぐ判ります。大体、子供を持った人がここまで忍耐心にかけてる筈がないし……、あ、ごめんなさい」

月村さん、こう言うとちろっと舌を出し、それから慌てて話題を変えて。

「それに山崎さん、末っ子でしょう？ ……こちらの、水沢さんが実の兄だっておっしゃってましたけど、水沢さん以外に上の御兄弟いらっしゃるんじゃないかしら。それも、複数のお姉さんがいらっしゃるか、お母さんが余程溺愛なさっていたか」

「……太一郎の境遇を考えると……それって殆どあたってるとは思うんですが……そんなことまで判るもんなんですか」

「ええ。山崎さんってどう見ても溺愛された末っ子タイプで——それも、男親や男の兄弟じゃなくて、女手でやたらとかまわれて育ったタイプですもの。お母さんかお姉さんがやたらとかまってくれるので自分の身のまわりのことがほとんど満足にできない、自分が望めば——あるいは望まなくても——まわりの人がうっとうしい雑用は全部すすんでやってくれていた、典型的甘えっ子タイプ。……あ、また、ごめんなさい」

……何か月村さんて……立ち居振る舞いはとっても優雅で上品なのに、意外と歯に衣をきせないっていうか、思ったことを何でもずけずけ言ってしまう人みたい。

「……黙って聞いてりゃ、人のことをずいぶん好き勝手に言ってくれるもんだな」

と。ようやっと赤くなっていた太一郎さん、会話に復帰。

「ま、あんたの観察眼があてになるとは思わないが、とにかくこの子が俺の子じゃないことは事実だ。何だって俺がこうもこの子にまとわりつかれにゃならんのかは謎だが」

「そのことなんですけれど山崎さん、ひょっとしてあなたにはこの水沢さんって人の他にも、生き別れになった双子の兄弟でもいるんじゃありません？」

「へ？」

……話が……何か凄いいきおいで、飛んだような気がする。

「あ、ひょっとして山崎さんは知らないのかも知れない。そうだわ、そう思った方が話に筋が通りそうだし……。ね、水沢さん、あなたは山崎さんの実の兄だっておっしゃってましたよね？だったらあるいは御存知なんじゃありません？　山崎さん、生まれて来た時、一人でした？」

「や……やめてくれっ！」

この月村さんの台詞を聞くと。何故か太一郎さん、ぶるぶるとふるえだしてしまい……。

「これ以上俺に兄や姉を増やすなっ！　もうこれ以上、びた一人だって姉も兄も母親も父親も義兄もいらねえっ！　何だって俺一人がこうも大人数の目上の家族をひっかぶらにゃならんのだっ！」

……びた一人。家族をひっかぶる。太一郎さんって……余程独特の言語感覚を持っているんだろうか？　それとも……それともやっぱり家族のことで、何かコンプレックスをかかえているのだろうか。だとすると、母親や姉に溺愛された末っ子の甘えっ子タイプだっていうのは月村さんのとんでもない眼鏡違いなのかも知れない。末っ子でも家族みんなに何だかんだ苛《いじ》められたシンデレラタイプなのかも知れない。

なんて考えていると。それまで、突然飛んだ話にあきれてか、軽く口をあけ放していた所長、慌てて口をはさむ。

「いや。太一郎は確かに一人で生まれてきた。俺は出産直後の病院へ行ったんだから、これは確かだ」

「そうですか。これ、いい線だと思ったんだけどなあ……。山崎さんに本人も知らない双子の兄弟がいて、この子の親はその兄弟だ、だからこの子、自分の父親とうり二つの山崎さんを父親とカン違いしたって考えたんですけど……ああ、でも、やっぱりそれはおかしいわ。それならあの船に山崎さんそっくりの男の人が乗ってなきゃおかしいし、もしそんなことがあれば、いくら何でも気がついただろうし……」

「あたり前だ。変な想像で勝手に人の兄を増やすなっ！」

太一郎さん、何だかまだ、ぜいぜいしている。そしてそれから、軽く自分の胸のあたりを手でおさえ、呼吸をどうにか落ち着けて。

「何か、妙にはぐらかされかけたけれど、話を戻すぞ。とにかくこの子は俺の子じゃない、そんでもって月村さん、先刻の話を聞けばあんたの子でもないんだろう？　ついでに言えば、あんたの知っている子でも、ないらしい」

「ええ」

「じゃ、先刻のあの態度は何なんだよ、先刻のあの態度は。じゃ、失礼しますって……あんた、この子を連れてどこへ行こうとしてたんだよ」

「どこへって……街へ出て、今日泊まるホテルをおさえようと思って……」

「この子はどうするつもりだったんだ、この子は」

「連れていって育てようかと思って」

「連れてって育てるって……だってこの子、あんたの子じゃないんだろ？」

「ええ。でも、山崎さんの子でも、ないでしょ。それでもって山崎さんにはこの子をやっかい払いしようって気はあっても、育てようって気はないみたいだし」

「あたり前だ」

「なら、わたしが育てようと思って」

「どうして」

「だって山崎さんにはこの子を育てる気がないんですもの」

「だ……だからってどうしてあんたがこの子を育てるんだ！」

「子供には――それも、こんな小さい子供には――絶対に親が必要ですもの」

「だからどうしてその〝親〟にあんたがなるんだよ」

「だって山崎さんにはこの子を育てる意志がないんですもの。……それに、仮に〝意志〟があったって、〝能力〟がとてもなさそうだし……」

……ここまで完璧に意思の疎通ができない会話って、初めて聞いた。そのせいであたくしが半ば呆然《ぼうぜん》とした顔をしていると、ふいに脇から所長が口をはさんで。

「二人の言い分は、おおむね、判った。俺としては太一郎の意見の方に賛成だ」

あたくし、本当にびっくりしてしまった。だってこの……この、意思の疎通に欠ける会話の、どこをどう聞けば、この二人の言い分の判りようがある訳？　で、その、とてもあるとは思えない太一郎さんの言い分の、どこら辺に所長は賛成している訳？

「太一郎、おまえもね、俺の弟だったらもうちょっと頭がある処を見せてくれよな。月村さんみたいに意図的に話をはぐらかそうとしている人が相手の時は、下手に意味のある会話を続けようとなんかせずに最初っからこっちの言い分を通しちまった方がいいんだ」

で、呆然としている私を尻目に、所長、そのまま話を続ける。太一郎さんが小声で「あんたは俺の兄じゃねえ」とか何とか言ったのだけれど、所長、それも無視して。

「月村さん、太一郎の意見は要約すると、『確かにこの子は自分の子じゃないからやっかい払いはしたい。やっかい払いはしたいけど、でもここまでかんでしまった以上、訳の判らないままに訳の判らない人間にこの子を渡してやっかい払いするのは嫌だ。そして月村さん、あなたはすでに充分訳の判らないことをしているから、こうなった以上、意地でも納得のいく説明をしてもらわない限り、この子をあなたに渡すのは嫌だ』ってものです。俺も、太一郎と、同意見です」

「お。割とうまく要約できてるじゃねえか」

ここで太一郎さん、ぱちぱちと気のない拍手を数秒する。そしてそれから。

「あとつけ加えると、こうなる。それでもあんたがこの子をかっさらって逃げようって言うんなら、俺、この場で『うちの子がさらわれたっ！』って叫んでやるぜ。子供の扱い方がうまかろうが下手だろうが、とにかくこの子がパパって呼んでるのは俺で、別にあんたはママって呼ばれちゃいねえ。だとすると、俺がそういう行動とってみんなで仲良く警察へでも連れてゆかれた場合、信じてもらえるのは間違いなく俺の方だな。……ちなみに補足すると、その気になりさえすれば、七、八十ホンの声くらい、俺は軽く出せるぜ」

月村さん、この台詞を聞くとしばらく軽く下唇をかみ、所長を見て、太一郎さんを見て、もう一回所長を見て――それから、あきらめたように声を出す。

「成程。お二人の御意見は、よく判りましたわ」

「じゃ、説明して欲しいね。何で船の中やゲートであんな行動をとったのか、何で今、この子を連れてどこかへ行く気になったのか」

「……それはまあ……いずれ説明させてもらいますけれど……とりあえずはわたし、先刻の水沢さんの御忠告に従わせていただきますわ」

「へ？　俺の忠告？」

「そう。『場合によっては、下手に意味のある会話なんかせずに、とにかくこっちの要求を通してしまうこと』」

月村さん、先刻の所長の台詞を勝手に改竄《かいざん》すると、にこっと笑って。

「今日は——というか、火星にいる間は、山崎さん、水沢さんの家にお泊まりですか？」

ふいに百八十度、話題を変えてしまったのだ。

「ああ、そうだけど」

「いや、ホテルをとる」

で。あまりに突然、妙なことを聞かれた男二人は、ついついその質問に答えてしまい（それにしてもその質問に対するお答えがまったく違っていたのは、御愛嬌《ごあいきょう》。ちなみに、この問題に関しては、先に答えた所長があとから答えた太一郎さんの台詞を聞いて世にも哀しそうな顔をしてみせたせいで、何となく、なし崩しに、所長の表情におしきられた太一郎さん、『判ったよ、あんたん家《ち》に泊まればいいんだろうが』って顔になり、一件落着した）、その答えを聞くと、月村さん、ふんふんって感じで一人適当にうなずいて。

「で、水沢さん、あなたのお宅はどのくらいのサイズなんですか？　お風呂なしの一DKくらい？　それとも、お風呂つきの一DK？　まさか、ワンルームってことはないでしょう――って、あ、御家族は？　よもやと思いますけど、ワンルームで御家族が二、三人いらっしゃって、そこに山崎さんを泊めようなんて無謀なこと」

「四LDKの一人暮らし」

一人暮らしで四LDK。これって、地球に比べればかなり住宅事情がいい筈の火星でも、やっぱり、分不相応な広さで――お母様が亡くなったのをきっかけに、この間引っ越しをした所長、近日にひかえたあたくしとの結婚、そして結婚さえすればなるべく早めに欲しいと思っている子供のことを考えて、かなり無理して広い部屋を借りてくれたのだ。

それにまた。これは考えすぎかも知れないんだけれど、今の台詞のやりとりを聞いているうちに、あたくし、何だかふっと、月村さんって人が怖くなってきた。

だって……今の台詞……誘導尋問とまでは言わないにしても、何か妙に、人の心理のつぼってものをおさえていない？

これが、たとえば。聞き方が逆だったら。『水沢さん、御家族は？』って質問のあとで、部屋の広さを聞かれていたら。あるいは、月村さんが最初っから二LDKだの三DKだのっていう、所長程度の年齢で所長程度の収入の普通の人が火星で住むサイズの部屋をあげていたら。おそらくは所長、そのどっちの質問にも答えなかったと思うんだ。(だって、どっちも、この状況でこの立場にいる月村さんが普通にする質問だとは思えないじゃない。)

けれど。先に、お風呂なしの一DKだのワンルームだのっていう、一人暮らしの学生が住んでいそうな部屋の例をあげ、更にその上、まさかそこに他の家族が同居しているんじゃないでしょうね、みたいな駄目をおされれば、大抵の人は、見栄でもそれを否定したいだろうし、実際に、一人で四LDKに住んでいる所長、意地も手伝って本当のことを言ってしまって……。

「わあお、四LDK。なら、スペースは、充分ありますよね」

「へ?」

で。思わず、いつの間にか、ついつい本当のことを言ってしまった所長、月村さんが唐突にはしゃいだ声を出したので、どぎまぎすることになる。

「四LDKなら、山崎さんを泊めたとしても、わたしとこの子を泊めてくれる部屋くらい、確保できるでしょう。……ああ、ベッドについては、大丈夫です。この子の為《ため》に毛布さえ貸していただければ、わたしは、ふとんなしの畳の上で眠れます。ふとんなしのPタイルの上でも、ふとんなしの板の間でも、ふとんなしのリノリウムでも……何なら、ふとんなしのアスファルトでも、ふとんなしのコンクリートでも、眠れますから」

「へ? え? あの?」

「わたし、この火星にいる間は、水沢さんの家に御厄介になることに決めましたから」

「決めましたからって……ねえ、あの、月村さん、そんな勝手に決められたって……」

「だって、その方がいいでしょう？　わたしが、どこかのホテルじゃなくて、水沢さんのお宅にいれば……その方が、山崎さんだって水沢さんだって、安心していられるじゃありませんか」

「安心って、おい、どこが、だ！」

太一郎さんのこの台詞──実は、あたくしもまったく同意見。

「だって、そうでしょう？　山崎さんも水沢さんも、この子を育てるのは嫌だけれど、でも、この子が訳の判らない人の手に渡るのも、嫌なんでしょう？」

何だか、この月村さんの台詞にトゲを感じるのって……あたくしだけ、なんだろうか？　月村さん、暗に、所長と太一郎さんのこと、育てる気もないのに妙に子供のことに口を出してっとがめているような気がする。

「なら、わたしがあなた方と一緒に、少なくとも火星にいる間は住むっていうの、好都合なんじゃないですか？　まさか二人共、何日か一緒に住んで、それでもわたしがまともな女か変な女か判断できないほどの莫迦って訳じゃあるまいし」

「……あ……の……な……、あんた、よくもそんな自分勝手なこと」

「自分勝手だってことは、百も承知です。でも──今、ここでわたしがこの子を連れてゆくのを邪魔するっていうのなら、わたしには、これしか、とれる手段がないんですもの」

「だっておい、そんな……俺も水沢さんも、別にそんなにむずかしいことを要求してないぜ？　水沢さんと俺があんたにしているのは、単にあんたの訳の判らない行動に対する事情説明だけで」

「それがね、できないんです。したくないんです、今は」

で、ばちばちばちっと、太一郎さんと月村さんの視線の間で、火花が散る。

……これは。

……これは、一枚上だわ、太一郎さんを相手にしても、所長を相手にしても、この月村さんって人の方が、役者が一枚上。

「あのな、月村さん。あんた正気か？」

と、太一郎さんと月村さんとの間でとりかわされた無言の戦いを、これまた無言でながめていた所長が、ふいにこんな風に口をはさんだのだ。

「え？　正気って？」

「あんたはどう思っているのか知らないけれど、俺は一応一人暮らしの男なんだよ？　……あ、ああ、勿論、今日からは太一郎がうちに来るから、厳密な意味では一人暮らしとは言えないかも知れないが。でも、太一郎も、男、なんだ」

「……………」

月村さん、何だか意図的みたいにきょとんとした表情を作り——でも、何も、言わない。そこで所長、しょうがないから台詞を続けて。

「独身の男が二人で住んでいる処に、何が何でも女の子がやってこようとする。しかも、その女の子は、無理矢理その家に泊まろうとする。……これって、赤ずきんちゃんが、狼のいる森に、御丁寧にもカモとネギしょってやってくるみたいなもんだろう？　とても正気の女の子がやることとは思えん」

「あ……あら」

で、月村さん、まず一回、心底意外な話を聞いたっていう表情になり、それから、くすくす笑って。

「いいんですか？」

「……へ？」

「いいんですか、そんなこと言って。……あのね、先刻のわたしの理解が間違いじゃないのなら、ここにいる田崎さんって、水沢さんの恋人じゃないんですか？」

「……え……あ……ああ」

「なら、いいんですか？　その、恋人の前で、今みたいなことを言っちゃって」

「……あ。……まずい。確かに、まずい。いや、それは、まずい」

で。あたくしだって別にそんな物判りが悪いって方でもないんだし、今の所長と月村さんの会話を聞いてもいるんだし、平然としていればいいのに所長、突然慌てふためくと、必死になってあたくし相手に今の自分の台詞について弁解なんかはじめてしまい……。

かくて。

あたくし、所長の必死の弁解を半ば聞き流しながら、同時に、ちょっとひややかな目で、この月村さんって人を見ることになる。

何故って。

月村さんって、確かに一枚上だったから。太一郎さんよりも、そして――所長、よりも。

でも、その一枚上は、決して、月村さんの人間としての出来が、太一郎さんや所長よりは一枚上だって意味じゃ、ない。ま、確かに月村さんには何かとんでもないわざがあるみたいだけれど（実際、ああいう状況でテーブルの上に投げだされた太一郎さんの足を、どうすればああも見事にはずすことができるのか、それってあたくしには全然判らないもの）、月村さんが所長達より一枚上なのは、男をあやつる、女の手管《てくだ》として、のことなのだ。

だとすれば。

同じ女として――これは負けてはいられないじゃない。

あの、雨の夜。

あたくしは生まれて初めての嫉妬《しっと》を、太一郎さんって人に対して、覚えた。

そして、今。

あたくしは生まれて初めての激烈なライバル意識ってものを、この人に対して抱いたのだ。

月村さん――真樹子さん。

★

で、まあ、状況はっていうと。

気がつくと、いつの間にか、何でだか。

これからしばらく——少なくとも火星にいる間は——太一郎さんも、真樹子さんも、子供も、所長のアパートに落ち着くことになってしまったのである——。

PART III

あまりといえばあんまりの太一郎さん家《ち》の家族のお話

　さて、あれからしばらくして。

　舞台は所長の一人暮らしには勿体無《もったいな》い、四ＬＤＫのアパートである。

　登場人物は、所長と、太一郎さんと、あたくし。月村さんと子供は、このアパートに着くとすぐ、一番入り口近くの部屋（ここは、あたくし達が結婚したあと、子供ができた時、子供部屋にしようっていうんで、わざとあけておいた部屋だった）に居つき――今、月村さんは、所長から提供されたマットレスと毛布との間に、子供を寝かしつけようとしている処《ところ》（の筈《はず》）。

「これが……あんたの部屋、か」

　リビングに通されると、しばらくの間、何となくその辺を見ていた太一郎さん、ふいにこう言うと一回うんってうなずく。

「ああ。俺の部屋だ」
「趣味は悪くないな」
「ああ。趣味はいい」
……えーと、あの、兄弟の会話って、普通こういうもんなんだろうか？　もうちょっとまし
なっていうか、あたり前の会話をして欲しいって思うのは……あたくしだけ、なんだろうか？
「で……今更聞くまでもないことだが、念の為《ため》、一つだけ確認しとくぜ。おふくろ……死んで
たんだな」
「……！」
太一郎さん！　いつ、どうして、何だって、それを知った訳？　月村さんと子供の、あまり
といえばあまりに訳の判《わか》らない出現に気をとられて、ついうっかり今まで肝心のお母様のこと
を忘れていたあたくし、太一郎さんのこの台詞《せりふ》を聞いて、思わず口をあけ放ってしまう。それ
にまた。
「……ああ。悪かったな太一郎、俺のつもりではもうちょっとちゃんと配慮して、ショックが
少ない形でそのことをおまえに言おうと思っていたんだが……」
それにまた。この間っからこのことをどう太一郎さんに告げようって悩みまくっていた筈の
所長、太一郎さんがお母様のことを知っていたのは当然だって感じで太一郎さんの台詞をうけ
——ええ？　所長、あたくしの知らない処で太一郎さんと二人っきりでしゃべったっけ？　で、

その時にお母様のこと、言いでもしたのかしら。ううん、それならこういう会話の流れになる筈がないし……。

「麻子さんって言ったっけか、水沢さんの恋人のお嬢さん」

と、あたくし、よっぽどぽかんとしていたのか、太一郎さん、こちらを見てくすくす笑い。

「あんたもさ、恋人やってんならこの男の性格くらい判るだろ。結婚して独立したっていうならともかく、独身の水沢さんがこんな広い家に住んでておふくろを同居させない筈がないだろうが」

言われてみれば、確かにそうだ。

「……とにかく、この件については、俺が悪かったよ。あんな……『一人暮らしの四ＬＤＫ』、なんて台詞じゃなく、もっとちゃんと配慮した台詞で」

「配慮なんていらん。どういう言い方したって、事実は事実だ。言い方を変えれば事実が変わるっていうならともかく、そんな奇跡が望めない以上、言い方なんざ、どうでもいい。で……死んだのは、いつだ」

「……数年程……前、だ」

……え？　あの？

「理由は」

「病死。主に悪かったのは、肝臓だ」

で、二人はしばらく、あたくしの存在なんか忘れたように会話を続け……でもあの……ちょっと。所長のお母様が亡くなったのって、半年前のことじゃなかったっけ？

思わずこう言いかけ——それから、所長の目を見て何となく納得する。

そっか、これが、お母様が亡くなっているっていう事実をなしくずしに太一郎さんに知られてしまった所長の、新たな配慮なんだ。お母様が亡くなられたのがほんの半年前だって判ったら太一郎さん、きっといろいろ後悔することがあるだろうし、また、四年前、太一郎さんが家出した直後にお母様が亡くなられたって思っても、きっと太一郎さんには後悔が残るだろう。だから、数年程前。年を特定しない、数年程、前。

それが判ったので、そのままくちばしをつっこまずに兄弟の会話を続けさせる。

（もっとも。あたり前といえばあたり前だけど、この所長の新たな配慮、ほんの半年もたたずに太一郎さんにばれてしまった。——何せ、半年後にはお母様の一周忌がきたもんで。——で、そのあとずっと、太一郎さんってば、この所長の新たな配慮に感謝してくれたせいか、あるいは皮肉でか、お母様の亡くなった年のことを人に聞かれると、「えっとね、俺が家出したちょっとあとで、火星に着くちょっと前」っていう、はなはだ年のあわない説明をするようになったのである。）

「……苦しんだか？」

「そうでもなかった。死ぬ……二日程、前かな。夢をみたんだそうだ」

「夢?」

「嬉しそうに俺に話してくれたよ。親父と会った夢をみたんだってさ。ずいぶん前に死んだくせに、親父の奴、今生きていればその程度になっただろうって具合にふけておふくろの夢の中に出てきて、で、二人して一緒に茶をのんだんだってさ」

「なら……大往生、だな。たとえ年が若くても、それなら立派な大往生だ。親父がむかえに来たんだから」

「ああ。俺もそう思ってる。……ただ……」

「ただ、何だ?」

「太一郎」

と、ふいに。それまで多少しんみりしながらもおだやかに話を続けていた所長、ふいに強い声を出すときっと太一郎さんをにらみつける。

「おまえ、何で家出なんかしたんだ」

この時の所長の声は、質問というより、あきらかに詰問だった。

「……あんたには関係ない」

「いや、関係ある。おふくろは、死ぬ前に一目でも、おまえに会いたかった筈だ。そしておまえさえ地球の山崎家にいれば、おふくろが危篤になった時、間違いない、山崎のおじさんは、火星におまえを連れて来てくれた筈だ」

「山崎の親父……来たのか」

「ああ。肝心のおまえが行方知れずだったもんで、たった一人でな。おふくろも遠慮して、おまえの話題は、ついぞ出なかった」

「………」

所長っ！

所長の声が荒くなった処で。あたくし、ウインクしたり何だり、とにかく必死になって、所長にこうメッセージを送る。

所長っ！　あのっ！　これはデリケートな問題ですからっ！　太一郎さんだって別に好きで家出した訳でもないだろうし、こういうデリケートな問題は、まっ正面から太一郎さんを問いつめない方がいいと思います。

でも。こんなあたくしの思い、どうやら所長には全然伝わらなかったようで……。

「あのな、太一郎。一言いっとく。黙るな」

しばらく沈黙が続き、太一郎さんが黙りこんでしまうと、所長、先刻《さっき》より更に鋭い声になり、太一郎さんを半ば睨むようにこう言う。

「俺は、怒る時には本当に怒るぞ。そんでもって俺が本気で怒ったら――たとえ、実の弟とはいえ、おまえが五体満足でいられる保証はないと思え」

所長っ！　あのっ！

所長のこの台詞を聞いた瞬間から。思わずあたくし、声にならない声でこう言い続け——結果として、いたずらに、口をぱくぱくさせることになる。

というのは。何故って。

はたで見ていて、判ったのだ。めずらしく——本当にめずらしく、所長、本気で怒りかけているって。そしてもし、もし所長が本気で怒っちゃったら……わわわ、駄目、そんなの絶対駄目、所長が本気で怒ったが最後、所長と太一郎さんの初めての兄弟げんか、とんでもなく悲惨なものになってしまう。

所長は——ちょっと見には、ごく普通の男だ。とりたてて長身とは言えない身長、どちらかといえばやせぎすな体型からして、あまり腕力とは縁がない、むしろ非力な男に見えるかも知れない。

でも。でもそれはあくまで、見てくれだけの話なのだ。

実際の所長は、剣道・柔道・合気道たして十二段、我流だけど空手の心得もあり、減量の問題があるから最近はやっていないけれど一時はボクシングでならしたことがあり——早い話、所長が『五体満足でいられなくなる』って言った相手は、確実に、そうなってしまうのだ。

「その台詞は、間違ってるよな」

なのに。

そんなこちらの思いも知らずに、太一郎さん、ふてぶてしい笑みをうかべると煙草に火をつけ、天井にむかってふうっと煙を吐きだして。

「俺を五体満足でいられないようにしようだなんて思う奴がいたら……間違いない、五体満足でいられなくなるのは、そいつの方だ」

「た、太一郎さん！」

思わずあたくし、たまりかねてあたくし、ついついこう叫んでしまい——で、叫びながら、何となく、ぞっとしていた。

何故って。

この台詞を言った時の太一郎さんの目って、何だか妙な光り方をしていて……それが、やたらと、怖かったのだもの。所長の武芸に関する腕前をよく知っているあたくしが、不思議と不安になるような光り方をしていたのだもの。まるで……まるで、太一郎さんの腕前が、所長のそれをうわまわるのではないかって思わせるような。

「ああ、麻子さん、すみません。怖がらせてしまいましたか？」

けれど。あたくしが叫び声をあげるのと同時に、太一郎さん、ふっと息をもらし——瞬時にして目の色が急に優しくなる。

「それから、悪かったよ、水沢さん。あんたが思いっきり挑発的な言い方をするもんだからついついこっちもこたえちまったけれど……。ことこの問題に関しては、確かに、あんたの言ってることの方が筋が通ってる」

「太一郎おまえ……相当、強いみたい、だな」

で。太一郎さんの目の色が優しくなるのと同時に、所長からもすっと力が抜け——所長、こう言うと、にやっと嗤《わら》う。

「ああ。〝とても〟強いよ。……けどまあ、そんなことはおいといて……おふくろの死に目に会えなかった俺は、おふくろをみとってくれた水沢さん、あんたには、家出した理由を説明すべきかも知れないよな」

そして。

太一郎さんは所長に——あるいは、所長を通じて、今はもう亡くなってしまったお母様に——、家出の事情を説明しだしたのだ——。

★

「基本的に——というより、まず最初に断っとくけど——俺は、山崎の親父とおふくろには、大変、よくしてもらった。俺、自分が山崎の親父とおふくろの子供じゃないだなんて、中学はいるまで知らなかったんだよな。実子である姉貴達と俺、何のわけへだてもなく育ててもらって……感謝、なんて言葉では言いあらわせない程、感謝している。水沢の親父とおふくろは……生物学的な意味での親が、その二人だってことは判ってはいるんだけれど……俺の意識の上では、他人だ。俺が、子供として生涯、感謝と愛情を抱くのは、山崎の親に対してだ」

太一郎さんの話は、まず、こんな台詞からはじまった。

「で、じゃあ、何だってそんなに俺を大切にしてくれる親の処から家出したのかっていうと……ちょっとおかしく聞こえるかも知れないが、山崎の両親が本当に俺を愛してくれてて、そしてまた俺が、真実山崎の両親を愛してたからだ」

「へ？」

「今なら判るけど、俺の家出って、結局俺の甘えだったんだよ。俺、山崎の両親に甘えてたから家出したんだ。……両親が俺のことを愛してくれている、また、俺も両親のことを愛している、そういう確信がなきゃ、甘えて家出なんてできっこないさ」

「おい太一郎、意味が判らん」

「あ、ああ……水沢さんに判るように言うとね、山崎の家の環境って、あまりにも、あまりにも過保護で、俺、それに耐えられなかったんだ。だって俺……母親が六人、いるような処で育てられたんだぜ」

太一郎さん、こう言うとしばらく黙りこんでしまう。で、その間に、所長、指折って何かを数えて。

「……何となく……その……おまえの言うことは判るような気がするが……計算、違ってないか？　五人、だろ？」

判るような気がするって、母親六人が？　思わずこう問いた気な目になったあたくしに、所長と太一郎さん、かわるがわるに説明してくれる。

そう。問題は、所長のお母様と山崎潤一郎《じゅんいちろう》氏（所長に言わせれば、〝山崎のおじさん〟で、太一郎さんにとっては、〝山崎の親父〟ね）が、かなり年の離れた兄妹だって処にあったのだ。つまり、所長のお母様が太一郎さんを産んだ時には、山崎氏、いい年で……のち、太一郎さんの義姉になった山崎家の四人姉妹は、この時点で、太一郎さんとはずいぶん年が離れていたのだ。（長女の美絵《みえ》さんは太一郎さんが生まれた時すでに二十歳だったし、四女の理砂《りさ》さんも十一だった。で、特に女の子の場合早熟だから……十一の理砂さんですら、新生児の太一郎さんのことを、弟というよりはまるで自分の子供であるかのように、世話をやいたのである。）

「……ま……確かにあの環境で育てば……山崎のおばさん（山崎夫人、美緒《みお》さん。太一郎さん流に言えば、山崎のおふくろ）だろ、美絵さん（山崎家長女・太一郎さん流に言えば大姉ちゃん）だろ、潤子《じゅんこ》さん（次女・太一郎さん流に言えば中姉ちゃん）だろ、美鈴《みすず》さん（三女・鈴姉ちゃん）だろ、理砂さん（四女・ちぃ姉ちゃん）だろ、五人、母親みたいなもんがいるが……」

「五人だって、我慢の限界だったよ！　新生児の頃は知らんが、俺がまだガキの頃、何かちょっとでも怪我《けが》すると、この五人がまとめて心配のあまり一斉に泣きだしたりすんだぜっ！」

「うーむ……それは、確かに……怖いものがあるな」

「俺が幼稚園で他のガキとけんかでもして軽い怪我して帰ってみろよ、もともと医者の家だから、かすり傷だってのに消毒は五人がかりでされるわ、包帯の化け物みたいにされるわ、あげく、次の日山崎家御一同様で幼稚園に抗議しに行きかねなかったんだぞっ！」

「……それは……かなり……恐ろしい環境だな……」

「もっと怖かったのはおやつだぜ！　家に帰って、『腹へったー』とでも言おうものなら、おふくろがすっとんできて、『たーちゃん、お母さんがね、たーちゃんの好きなホットケーキを焼いておきましたよ』、だろ、で、そのあとからあとから、『中姉ちゃんのホットドッグだぞー、たーちゃん好きでしょ』、とか、『たーちゃん、ちぃ姉ちゃんとアイス食べに行こ。子供は甘いものが好きだよねえ』、とか、『ほら、たーちゃんたーちゃん、おいで。鈴姉ちゃんポテトチップス買ってきたから。本当はたーちゃん、甘いものよりしょっぱいものの方が好きなんだよね』、とか、『たーちゃん、りんご、むいたげようか？　……みんな、ほんっとに判ってないんだから。子供に必要なのは、果物なんかの自然の甘味なんだよね』って奴が続いて……ガキの頃の俺が肥満児にならなかったのは、ひとえに、ほんっとひとえに、運が良かったからなんだ！」

「……それを……ほほえましいって言ったら……おまえ、怒るだろうなあ……」

「怒るよっ！　当事者の身になってみろ、これの一体全体どこがほほえましいんだっ！　おまけに、みんながみんな、悪意なんてかけらもない、俺のことを本当に愛しているが故の行動だって判っているから、文句なんて言えないし……その上、これで、まだ、五人なんだ！　真実おそろしい六人目を、水沢さんは忘れてるよ！」

「え……えーと、六人目って……まさか、山崎のおじさん？」

「いや、お澄《すみ》……。ああ、ひょっとしたら水沢さんは、お澄のことは知らないのかも知れないな。山崎の親父が俺を山崎家にひきとる際、同時にやとった乳母さんみたいな役割の人で、大《おお》河原《かわら》澄子さんってのが、うちには、いたんだ」

「その人のことは、聞いてない」

「そうか。とにかく、当時の家にはお澄っていう住みこみの俺専用の乳母みたいな人がいて、結論から言うと、お澄一人で姉貴四人をあわせた以上に、過保護だったのっ！　過保護っていうか、過干渉っていうか、溺愛しすぎっていうか……お澄の得意技って、想像つく？」

「つくもんか」

「だろーなー。お澄はさ、何でも中学卒業と殆《ほとん》ど同時に、実家がかたむいちまった家の出らしいんだ。で、そのあとで、一家離散に近い状態になっちまって……家もなく、職もなく、学校にも行っていない、中途半端な状態で、二十歳を超えたらしいんだ。で、そんな状況下で、山崎の親父が、お澄、やとっちまっただろ？　何か、不必要な使命感に燃えちゃったみたいで……『お澄は、旦那様のおかげで、生きてゆくことができました。旦那様は……旦那様は、どこの馬の骨とも知れないお澄に、お坊っちゃんのことをすべておまかせになったのです。ですからっ！　お坊っちゃんを、一人前の、ちゃんとした男に育てること、それがお澄の使命であり、旦那様に御恩を返せる、たった一つの方法なのですっ!!』。こう言って、両手で握りこぶしつくって、ひたすら燃えるのがお澄の得意技で……過保護の母親と、まるで母親のような四人の姉、その上、こんな得意技を持つお澄までいたら……俺の幼少時代って、確かにとっても恵まれてたし、愛情に不足はまったくなかったけれど……それでも、ある意味で悪夢だったたって、判るだろ?」

「うーん……まあ……何となく」

末っ子で、おまけに上の子とある程度以上年齢が離れていると、確かに溺愛されがちで、それってはたで思っているより本人にとってははるかに悲劇なんだろうなあ。おまけに太一郎さんの場合、上の四人がすべて女でこまめに太一郎さんの面倒をみてくれ、更にお澄さんっていう使命感に燃えた乳母さんまでいる、いわば過保護のフルコース、ううん過保護の満漢全席みたいな環境で育った訳だから、それは確かに、もの凄《すご》く、大変だったんだろうなあ。

あたくし、うーんってうなったきり黙りこんでしまった所長を見ながらこんなことを思い――それから、ふと、気がついたのだけれど。

「でも、太一郎さん、そういう母親が六人もいるような悲喜劇的な状況って、そうは続かなかったんじゃないですか? だって、太一郎さんと一番上のお姉さんって、二十歳も年齢が違うんでしょ? なら、太一郎さんがまだ小さいうちに、お姉さん達、結婚して、新居をかまえることになったんじゃありません?」

で。あたくしがこう言うと、太一郎さん、得たりとばかり、一歩ふみこんで台詞を続ける。

「確かに俺が小学生でいる間に、姉貴達、みんな結婚してたさ。大姉ちゃん（長女・美絵さん）が結婚したのは、確か幼稚園にはいる前だったたし。でも……救いだと思っていた姉貴達の結婚は、実は俺の不幸の第二楽章だったんだ」

「え？」

「大姉ちゃん、結婚しても山崎家からは出てゆかなかったんだ。山崎家は何せやたらと敷地の広い家だったし、清貴《きよたか》兄さん（美絵さんの夫）は山崎病院の小児科部長だったたし、結局、大姉ちゃん、山崎家の庭に別棟を建ててそこで新婚生活をはじめたんだよ。それに、これだと清貴兄さんも山崎病院への通勤がすっごく楽だしな。何たって、病院は、山崎家の隣にあるんだし」

「……成程《なるほど》。と言うことは、結婚したあとも美絵さん、結局同じ敷地内に住んで……結果として、太一郎、おまえの境遇には変化がなかった、と」

「変化ならあったさ、山のように」

太一郎さん、こう言うと、まるっきり苦虫をかみつぶしたような表情になる。そして。

「清貴兄さんは、よりにもよって、山崎病院の小児科部長だったんだぞ！　小児科医って奴らがどういう連中か、水沢さん、あんた判るか？」

「え……えと……」

「あいつらはなー、小児科医って奴らはなー、根本的に、子供好きなんだぞっ！　うちの病院の小児科の診察室や病棟、も、殆ど保育園だぞ、部屋のレイアウトが。おもちゃの宇宙船だのブロックだのぬいぐるみだの絵本だのがいたる処にあるし、カーテンはお星様柄だの動物がいる野原柄だのまんがのキャラクター柄だし、壁にはウサギさんや猫さんやきりんさんのレリーフがあるし、ナース・ステーションには幼児向けのカードゲームやボードゲームがつんであるし……うちの小児科病棟は、そんじょそこらの保育園だの幼稚園より、はるかにその類の設備は充実してるんだ！」

「……はあ……成程……」

「で、清貴兄さんは、そんな山崎病院小児科の責任者で、山崎病院小児科の中でも一番の子供好きだったんだ。そんな奴が大姉ちゃんと結婚してうちの敷地内に同居したら……も、結果は、見えてるだろ？　一人の父親、六人の母親だけでいい加減気が狂いそうだった俺に、更にもう一人、父親みたいな存在が加わったってことになる」

「……な……成程」

「おまけに大姉ちゃんの処は、結婚後八年子供ができなかったし……その間、清貴兄さんの父性愛は、ひたすら俺にそそがれることになった訳だ」

「う……うーん……」

「それに、これだけじゃないんだぞ。大姉ちゃんが、同じ敷地内に住むとはいえ、一応独立したもんで、かなり過保護な山崎のおふくろ、若夫婦の為に家政婦をやとったんだ。それも、将来大姉ちゃんの処で子供が生まれた時にそなえて、半ば乳母みたいな役割の人を。けど、大姉ちゃんの処では、そのあと八年、子供ができなかっただろ？　結果として、大姉ちゃん家の家政婦さんが、いわば第二のお澄になっちまって……俺、父親二人、母親七人にとり囲まれたような状態になっちまった訳」

うーん、何とも言葉もないな。うーん、その状態って、とにかく悲劇的で、やたらと喜劇的で……うーん、もう、うなるしかないや。あ、でも。

「でも……太一郎さん、二番目のお姉さんや三番目のお姉さんは？　まさか全員、小児科医と結婚したって訳でもないでしょ？」

「ああ。中姉ちゃんの相手は、〝小児科医じゃ〟、なかった」

太一郎さん、何故か、〝小児科医じゃ〟って処を強調してこう言うとしばらく黙り……そしてそれから。

「〝産婦人科医だった〟んだよ、やたらと子供好きで一人でも多くの子供をこの世におくりだすことに無類の情熱を注いでいる」

「…………」

所長とあたくし、もはや、うなることもできない。

「おまけに、中姉ちゃんの旦那も、うちの病院の医者だったものだから、結果として中姉ちゃんも山崎家の敷地の中に家を建ててもらい、家政婦さんをやとってもらい……」

「……その家政婦さんが、第三のお澄さんになったって訳か？」

「いや。中姉ちゃんとこの家政婦は、実に何ともいい人で、とりたてて子供好きでもなかったし、与えられた仕事以上のことは絶対にしないって人だったんだ。だから、中姉ちゃんの家のことはやっても、山崎本家のことは別に気にしてないみたいだったし、必然的に俺とは、庭なんかで会った時あいさつをするくらいの間柄で……当時、あの家にいた人の中では、あの家政婦さんが一番ありがたかったよな」

……当時子供だった太一郎さんが、〝とりたてて子供好きじゃない〟ってことをとりあげて、その家政婦さんのことを〝実に何ともいい人〟だって表現する。このことだけで、あたくし、殆ど二の句がつげなくなる。でも、ここで黙りこんでしまい、沈黙が続くのは嫌だったから、しょうがない、何とか自分の意識を鼓舞して。

「で、他のお姉様達は？　小児科医、産婦人科医と続いて、助産師さんと結婚した訳じゃないでしょう？」

「鈴姉ちゃんの結婚相手は、精神分析医だった」

太一郎さん、半ば呟《つぶや》くようにこう言う。この台詞を聞いて、あたくし、ほっと一安心。精神分析と子供って、別に、接点、ないよね？

「おまけに、竜一《りゅういち》兄さん（美鈴さんの夫・精神分析医のことね）は、山崎病院の人じゃなかったんだ。医者仲間のつきあいで清貴兄さんが鈴姉ちゃんに紹介した人で、個人開業医だったんだ」

と、いうことは。

あたくし、ますますほっとして……そして、何だかわくわくしてきてしまう。だって。

だって、この美鈴さんの夫って、今までの太一郎さんの話に出てきた人達の中では、唯一の明るい希望じゃない？　まず、精神分析医って商売がら、とりたてて子供が好きってこともなかったろうし、おまけに個人開業医なら――言いかえれば山崎病院の医師でないなら――、何も山崎家の敷地内に別棟を建てて住むことはない訳だし。とすると、ここへきて初めて、増える一方だった太一郎さんの疑似母親や疑似父親の数、少なくとも美鈴さん一人分だけ、減ることになる。

「鈴姉ちゃんの結婚話とその相手のことを聞いた時、俺はもうどうしようもなくわくわくしたよ。勿論《もちろん》、鈴姉ちゃんのことが嫌いだったって訳じゃない。でも俺、それまでに普通の人の何倍も、こと親だの姉だのの過保護に苦しんできた訳で……一人でもいい、母親役が減ってくれることには、もう、双手《もろて》をあげて賛成したいって気分だったし。それに、鈴姉ちゃんの処でどれ程病的に子供好きな家政婦さん雇おうと、同じ敷地に住んでいない以上、それって俺には関係ないことになる筈だったし」

「うん、うん」

で。あたくしがつい、言葉に出してこう言うと。太一郎さん、一回ため息をつき、それから何故かちょっと哀し気な声音になって。

「でも……それって所詮、甘い夢だったんだ……」

「え？」

「所詮、夢だったんだよ。山崎病院は個人病院としては日本で一、二をあらそうような大病院だったんだ。そこの娘が、一介の開業医の処へ嫁に行く筈、なかったんだよな……」

「え……じゃ、その美鈴さんって人と竜一さんって人の結婚、まわりの人に反対されたの？」

「いや、逆だ。まわりの連中、よってたかって竜一兄さんの腕にほれこんで、鈴姉ちゃんの旦那になる人だし、どうせなら小さな町のクリニックなんかやってないでってんで、山崎病院の次期精神科部長候補って待遇で、竜一兄さんを山崎病院にひっこ抜いちまったんだ。ま、確かに当時の山崎病院は精神科にあんまり人材がいなかったから、経営上の判断としてもこれは間違ったことじゃないとは思うんだけど……けど、俺にしたら、夢と希望が一気に砕かれた思いだった」

「……で……しょう……ねえ」

「かくて、鈴姉ちゃんも同じ敷地内に住むことになり、どうせ俺は関係ないやって思ってたやたらと子供好きな家政婦さんは、三年後、鈴姉ちゃんの処で子供が生まれるまで第三のお澄になり、そしてその上」

「その上？　まだ先があるの？」

「ああ。別段子供好きとは思えなかった竜一兄さんだけど、盲点があったんだよ。『人間が悩まされる精神的な問題の過半数は、つきつめてゆくと、その人間の幼少時の環境に根があるのではないか』っていうのが、竜一兄さんの精神分析医としての立場で……ひらたく言っちまうと、竜一兄さんって、別に子供はとりたてて好きではないけれど、それでも、子供がまわりの人すべてに愛される、しあわせな幼少時代をすごすようとりはからうのは周囲にいる大人の義務だって信念を持っている人で……その信念にケチをつける気はまったくないけど、信念によって愛され、信念によって可愛いがられ、信念によってかまわれるってのも、結構気骨《きぼね》の折れる作業だぜ」

「…………」

「あ、でも。こういう言い方したからって誤解されると困るんだが、竜一兄さんっていい人だよ。俺、基本的にはあの人好きだし、あの人の言ってることって間違ってるとは思えないし、人間的に見てもいい人だと思うし、鈴姉ちゃんのことは、はたの人間が見てあきれるくらい大事にしてくれてたし」

竜一さんの話を聞いて、もはやあいづちもうてずに所長とあたくしが黙りこんでしまうと。あたくし達の沈黙を竜一さんへの非難だと思ったのか、太一郎さん、慌ててこんな台詞を言う。その言い方が何だかとっても可愛かったので、あたくし、思わずくすっと笑いそうになり、慌てて表情をひきしめ——無遠慮な所長は、くすくす笑いだしてしまう。

「な……何だよ。何がおかしい」

「いや……竜一さんって人の信念、あながち間違いじゃなかったんだなって思ってさ」

「え……？」

「実際、太一郎、おまえ口ではなんのかんの言ってるけど、実にいい子に育ってるじゃないか」

「い……いい子ってのは何だよ。莫迦《ばか》にするなよな」

所長はまだくすくす笑い続け、太一郎さんはこんな所長の台詞と態度に、怒ったのか照れたのか、耳の処を赤く染める。

「莫迦になんかしてないよ。自分の台詞が竜一さんって人を誹謗《ひぼう》することになったんじゃないかって気がつくや否や、慌てて竜一さんの弁護をはじめるあたり、おまえ、本当にいい子に育ったと思うよ。成程、幼少時代にたとえ〝過〟って文字が山程つこうとも、ちゃんと愛された子供は、ちゃんとした大人に育つ訳だな」

「………」

所長がこう言うと。今度はおそらく照れの為だろう、耳の処だけではなくほおまで赤くなった太一郎さん、突然話をちぎるようにして話題を変え、ついでに視線をあらぬ方向へむける。

「最後はちぃ姉ちゃんだが……ちぃ姉ちゃんの相手は、うちの病院の外科医だった。で、話がここまで来ると、俺もいい加減達観しちまって……。何せ相手は山崎病院の医師なんだし、ということはちぃ姉ちゃんも山崎家の敷地内に住む訳だし、これまでの経過からいって、どうせその外科医って、病的な子供好きか、さもなきゃ小さい頃愛情に飢えなかった子供程、長じて外科手術をうけなくてすむ、なんていう、訳の判らん信念を持っているか、そのどっちかだって思ったもんで」

「で……まさかその人、愛があれば外科手術が防げるって信念の持ち主だったのか?」

「いや、さすがにそこまでは。それに、別に子供好きって訳でもなかったし。ただ……病的な、家族好きだったんだ」

「な、何だ、その家族好きって」

「将兄《まさる》さんっていう人なんだけどね、極端に家族運のない人だったみたいで、一人っ子で、子供の頃母親をなくし、高校卒業直前に父親をなくし、奨学金で大学出て、インターンやってる最中に結婚直前の恋人をなくし」

「……爆発的に運の悪い人だったんだな……」

「ああ。だから、将兄さんの夢は、一日も早く自分の家族を作ること、で……だからちぃ姉ちゃんと結婚した時は、将兄さん、大喜びだったんだ。嫁さんだけじゃなくて、義理の両親、義理の姉三人、義理の兄三人、義理の弟一人が一斉にできて、しかもみんな同じ敷地内に住んでるだろ? 〝夢にまでみた大家族だ〟っつっちゃ、用もないのに毎日のように母屋の方へ来て、できたての両親とおしゃべりしたり、できたての姉さんの手作りのお菓子を食べたり、できたての兄さん達と麻雀《マージャン》したり……そんでもって、できたての弟の俺を実によくかまってくれた」

「……はああ」

長い長い太一郎さんの幼少時代のお話がおわって、所長とあたくし、思わず何だか虚脱したような感じになる。これ以上詳しい説明を聞かなくても、何となく太一郎さんが家出した理由って判ったような気がしたし……何より、宙港で太一郎さんが所長のことを、〝兄なんかじゃねえっ！〟って言った気分と、〝もうこれ以上、びた一人として、親も姉も兄もいらねえっ！〟って言った理由は、嫌って程よく判った。

で、所長とあたくしが何となく判ったって顔をしてると太一郎さん、何故かちょっときょとんとした顔になり。

「あれ？　水沢さんも麻子さんももう満足な訳？　こんな理由で俺が家出したって納得できるの？」

「……こんな理由って……まだ、あるのか？」

所長、〝俺は心底くたびれました〟って表情を作ると、のろのろこう言う。と、太一郎さん、所長が疲れ果てたのが嬉しい、とも、ざまーみろ、とも言いた気な表情になり、何故か嬉々として話を続ける。

「今までの話はね、前段階っていうか、下地だ。本番は、これからだってことになる。……それに、今までの話は、俺の幼少時代から十歳くらいまでのことだ。小学校の終わりくらいから中学時代一杯は、俺、もうちっとましな環境で育つことができた」

「え……って、ああ、成程」

で。こんな太一郎さんの台詞を聞いて、どうやら所長はすぐにその意味が判ったらしいのだけれど、あたくし、駄目。と、太一郎さん、そのあとしばらく、主にあたくしに向けて話を続けてくれて。

「えーとね、麻子さん、早い話、俺が十歳くらいになると、さしもの姉軍団も兄軍団も、第二、第三のお澄達も、俺にかまっていられなくなったんですよ」

「へ？」

「俺が十の時だったかなあ、鈴姉ちゃんの処で子供が生まれたのって。その半年くらいあとに大姉ちゃんの処でも子供が生まれて、それから一年おきくらいに、中姉ちゃんが子供産んで、鈴姉ちゃんが二人目産んで、ちぃ姉ちゃんが子供産んで、大姉ちゃんが二人目産んで……」

「ああ、そっか、そうよね。太一郎さんのおいごさんやめいごさんができて……そうよね、そうなればお姉さん達やお兄さん達の関心って、当然、赤ちゃんの方へ行くわよね」

「ええ。そんなこんなで、十歳くらいから中学校卒業寸前まで、俺に対する　ウルトラ・スーパー・しっちゃかめっちゃか・何が何でも〝過保護〟は、単なるスーパー過保護くらいまでレベルダウンして……いやー、あの時代は、しあわせだった。何たって俺がけんかしてかすり傷おって帰っても、大騒ぎすんのはおふくろとお澄の二人だけなんだもん」

……太一郎さんの、気持ちは、判る。判るような気はする。でも……それにしても……たかだかかすり傷おって帰ったくらいで大騒ぎする人が〝二人しか〟いないからって……一体全体それのどこが〝しあわせな時代〟なのか、あとになってから、あたくし、ずいぶん考えこんでしまった。

「ただ、そんなしあわせな時代にも、一つだけ問題点があって……ああ、ことこの問題に関してだけは、水沢さん、あんたにも一応謝っとくべきかな」

で、それまで比較的おだやかな言葉づかいであたくしに向かってしゃべっていた太一郎さん、この台詞と同時にまた所長の方を向き、一転して言葉づかいが荒くなる。

「へ？　何だ？」

「実は俺、中学校の入学式の時から、あんたと水沢のおふくろのこと、知ってたんだよ」

「え？」

「中学校の入学式をおえて家に帰ったら、山崎の親父が俺のことを呼ぶ訳。何だろうと思って行ってみたら、親父の奴、目一杯真面目な顔をしてこんなことを言うんだ。『太一郎。おまえも今日から中学生だ。そして、中学生ともなれば、半分大人、ないしは大人に準ずるものとして扱うべきだというのが私の意見だ。だから教えるのだが、実は、おまえは私と母さんとの間にできた子供ではない』」

「あ……あたー、何、山崎のおじさん、おまえが疑いもしない頃に、そんな直接的にそんな重要なこと、言っちまったのかよー」

「ああ。ま、親父にはどうやら親父なりの考えがあったらしくて、俺に実のおふくろのことや、水沢さん、あんたのことを説明してくれたあとで、親父、こう言ったんだよな。『……という訳で、太一郎、おまえには、実の母親と実の兄さんがいる。私達のことは気にしなくていいんだ、もし、おまえが、実の母親や実の兄さんに会いたいっていうなら、それをとめることは私にはできない。いや、してはいけないことだと思う。その上、うちの病院にはある程度の財力とコネもあるから……もし、おまえが、実の母親や実の兄さんに会う為の旅をする気があるのなら、私は、できる限り、おまえの手助けをしてやろう』」

「え……じゃあ」

「山崎の親父は根本的にはすげえいい人だったしさ、妹である水沢のおふくろのことをとにかく愛していたからさ、親父、俺を水沢のおふくろに会わせようとしたんだよ。けど……それを、俺が拒否しちまった」

「え……」

「俺が、嫌だってだだをこねたんだよ。俺のおふくろは山崎のおふくろただ一人だって、産んでくれたのが誰であったって、育ててくれたのはたった一人だって」

「…………」

「こと、この点に関してだけは、俺、謝っとくよ。こん時の俺には、水沢のおふくろだの、水沢さん、あんただのの気持ちを思いやってやるだけの精神的なゆとりがなかったんだ。とにかく、ただ、ひたすら、山崎の親父とおふくろが実の親じゃないって事実が、たまらなかったんだ」

「……太一郎……」

所長、一言こう言うと、しばらくの間、黙りこくる。そしてそれから、ぐいっと右手で両眼をひき——あるいは、涙をぬぐったのかも知れない——ゆっくりと。

「すまない。悪かった」

「え?」

「おまえにだっていろいろおまえなりの事情があったんだろうし、いや、そもそも事情がなければ普通の人間は家出なんてしない筈だし……だから、悪かったよ。おふくろのことで、おまえを責めたのは、あきらかに俺が不当だった。すまん。おまえが家出した事情は……おまえが話したくないのなら、山崎のおじさんとおばさん以外、誰も無理矢理聞きだせるものじゃないみたいだ。そして俺は、山崎のおじさんでもおばさんでもないんだから……何も、俺に話すことはない」

「いや」

この言葉を聞くと、太一郎さん、そっと笑い——そしてそれから。

「ここまで話したんだから、残りのことも話しちまうよ。とにかく、まあ、そんなとんでもない一幕はあったものの、俺の中学時代は、一応、何事もなくすぎていった訳だ。山崎の親父とおふくろは、水沢の母親と水沢さん、あんたの話をしたあと、俺がどうしても火星へは行かないって判ってからは、二度とその話をむし返そうとはしなかったしな。それに、実の親じゃないからって態度が変わる、なんてことは、勿論、なかったし」

「……ああ」

「けど、そのうち俺は中学出て高校生になり……高校へはいると、進路って問題が出てくるんだよな」

「進路？」

「ああ。これで俺がすんなりと医学部へすすめれば、別に問題はなかったのかも知れないよ。けど俺、理数系全般駄目だったし、ことに生物学関係なんかどうしようもなかったし……」

「……本当か、太一郎」

と、所長、太一郎さんの台詞を区切って、妙に意味あり気な表情になるとこんなことを言う。でも太一郎さん、すっと所長から視線をはずして平然と。

「あたり前だ。嘘を言う理由がどこにある？」

で、今度は所長が、太一郎さんから視線をはずす。

「で、まあとにかく俺は文系志望ってことになり——したら、兄貴達が、妙に経済学部をすすめるんだよ。経済学部・経営学科を。これからの病院には、経営学を専攻した人間が必要だ、とか何とか言っちゃって」

「………」

「山崎の親父まで、にこにこして言うんだよな。これからの経営陣には、やはりそういう学習をつんだ人材が欲しいだの何だの。……これじゃ、何の為に、俺は文系を志望したんだ！」

……あ。成程。

あたくし、判った。やっと、判った。先刻からの太一郎さんと所長の目線の意味とか、そして、その他。

太一郎さん――おそらくは、別に、理系全滅って訳じゃ、ないんだ。多分、本気でやっていれば、医学部へすすめるだけの能力は充分にあり――なのに、遠慮、してたんだ。それまでのいきさつを知り、いろいろ考え、山崎病院は自分の姉か、あるいは姉の夫がつぐべきだって結論を出し、でもこのままじゃ、自分の処に病院の経営権が来そうだって思って……だから、下手に医者になるまい、下手に医学部にすすむまいって思って、わざと理数系、全滅にして――なのに。

あくまで太一郎さんに好意的な山崎潤一郎氏と、あくまで好意と善意のかたまりの太一郎さんのお義兄さん軍団は、太一郎さんがここまでしても、太一郎さんを山崎病院の後継予定者からはずそうとはせず、むしろ、経営学を専攻した人間が経営陣には必要だ、なんて言いだしてしまい……こりゃ、確かに、太一郎さんでなくてもあせるだろう。

「……成程な。何たって山崎のおじさんは、おまえに〝太一郎〟って名前をつけたくらいなんだから……あくまでおまえを山崎家のあととり息子として遇そうとしてたって訳か」

「そうなんだ。実際今時はやんねえ考え方だと思うぜ、長男だから家業をつげ、なんてさ。現に、長女の夫は小児科部長で次女の夫は俺が中学はいった年には産科部長になってた、三女の夫は次期精神科部長候補で四女の夫だってそのうち外科部長になっただろう。なら、次期院長だってこの四人の中の誰かにすりゃよかったんだよ」

「それで結局太一郎、おまえ、義兄さん達に病院つがせる為に家出した訳か……」

で、所長がこう言うと。太一郎さん、にやっと笑ってちょっとそっぽ向いて。

「いや。……それじゃ何かあまりにも美談だろ。そうじゃなくて俺は、〃俺が病院なんざつぎたかねえ〃から家出したんだ。だって俺、どう考えても、病院やるより人を病院おくりにする方が得意そうだったし……けんかっぱやい病院の経営者が、私生活で外科病棟おくりの患者を片っぱしから生産してって、それで病院がうるおいましたってんじゃ、あんまりだろうが」

「ま……確かに」

「それにさ、俺、いい加減人の保護下にいるって奴も、やめたかったし、それには家出した十六って年は結構具合がよかったんだよ。十七になったら大学のことも含めて進路をびっしり決めなきゃならなかったし、そうなりゃおふくろや姉貴達の涙で池の一つもできそうだったし、十六になってりゃ一応仕事につくこともできたし、ついでにその頃には俺のめいだのおいだのが、やれ幼稚園だ小学校だってまとめて手のかかる年になってたから、おふくろにしたって姉貴達にしたって、いい加減家出した俺のことばっかり悩んでる暇もなかったろうしな」

　こう言いおえると太一郎さん、すっと正面を向き背筋をのばし――それから一回、肩をすくめて。

「これで俺の家出の事情ってのは、大体のとこ、説明終わりだ。あとはおふくろに線香の一本でもあげさせてもらって……あの訳の判んねえ女と子供の一件をのぞくと、それで俺の火星での用事は、おしまいだな」

「え……太一郎、おまえこのあとまたどっか行っちまうのか？」

　太一郎さんのこの台詞を聞いた時の所長の態度ったら、ちょっと、なかった。何だか急におろおろしてしまい、少し慌てて、それからさみしそうに肩をおとして、あきらめたような風情になり。

「……そうか……そうだな、地球へ戻るのか……。それなら俺にとめる権利なんてないし……」

「莫迦言ってんじゃないよ」

　一方、太一郎さんは太一郎さんで、この所長の台詞を聞くと、何だかちょっと慌てたみたいだった。

「何だって今更、地球へなんぞ戻らにゃならんのだ。あっちは今んとこ、俺なしでうまくいってる訳だろ？　なら、このまま、俺はいないもんだって山崎家の人々には思っててもらいたい。……俺、いろいろ思うことがあって、実は今度太陽系出て、もうちっと遠くで生活してみたいと思ってんだよな。で、太陽系の外で生活始めちまうとなかなか火星くんだりまで戻ってくることはできないだろうから……だから、その前に、一回だけおふくろって奴の顔を見とこうと思ってここへ来たんだ」

「太陽系の外って太一郎おまえ」

「あんた言いそうだから先に釘《くぎ》さしとくけど水沢さん、治安が悪いだの何だのぴいぴい言うなよ。俺は女の子じゃないんだから」

太一郎さんが機先を制してぴしゃりとこう言ってしまったので、まさにそういう台詞をぴいぴい言おうとしていたらしい所長、思わず鼻白む。で、所長が黙りこんでしまったのを確認してから、太一郎さん。

「この四年、一人で生活してみて、俺、嫌って程よく判ったんだよ。こういう台詞はぜいたくだとは思うけど、俺、俺が何か危険そうなことをするたび、うしろでまっ青になったり泣きわめいたりする家族がいるのって、駄目だ。耐えらんない。俺が俺らしく生きてゆく為には、あんまり心配性の家族って、いられるととんでもない負担だし……よりによって、山崎のおふくろ達って、〝あんまり心配性〟なんてものじゃない、〝病的に心配性〟だったろ？」

「……ほんっとおっに、ぜいたくな台詞ですこと」

と。太一郎さんがこう言った瞬間、あたくしの背後で、低い、小さな、でも発音だけは嫌に明瞭な女の人の声がした。あ——月村真樹子さん。彼女、ちょうど太一郎さんが今の台詞を言っている間に、リビングにはいってきた処みたい。

「何だよ。あんた何か文句あんのか?」

「いえ、別に」

リビングのドアの処に立っている真樹子さんと、ソファにすわっている太一郎さんとの間で、瞬時、火花のようなものが散ったような気がした。それから真樹子さん、ついっと太一郎さんから視線をはずし、ソファの太一郎さんと向かいあう位置の椅子の上に腰かけている所長の方を見て。

「やっとあの子が眠ってくれたもので……お約束した、事情を説明しようかと思って……」

「あ……ああ、そうだな」

所長、ほんの一瞬、太陽系の外に定住するつもりだって言った太一郎さんをいさめようかどうしようか、まよったみたいだった。でも、すぐに、今そんな話を太一郎さんにしてもむしろ逆効果だって思ったのか、軽く一回頭をふると思考の内容を切りかえて、今度はまっすぐ、真樹子さんの方を見る。

「あなたが何だってあんな訳の判らない行動をとったのか、それが判れば、少なくとも問題の一つは解決する訳だし……」

PART IV 迷子と捨て子と誘拐と

「捨て子、だと思うんです」

真樹子さんが会話に加わるに際して。あたくし達は、まるで民族大移動って感じで、リビングの中でその位置を変えていた。

まず、所長は、それまで太一郎さんがすわっていたソファへ移動。あたくし、ソファの所長の隣に。そして太一郎さんはソファから所長がすわっていた向かい側の椅子へと移り、真樹子さんはそれまであたくしがすわっていた椅子へ。（今までの位置関係――太一郎さんがソファにすわり、そこに向かいあった椅子に所長、ソファと九十度の位置にある椅子にあたくし――からすると、真樹子さんがソファの太一郎さんの隣に腰かけるのが一番話が早かったのだけれど、どういう訳か太一郎さんと真樹子さん、とにかく相性が悪そうで、何だかこの二人が隣りあってすわるのって剣呑《けんのん》な感じがしたのだ。では、じゃあ、所長が真樹子さんに席をゆずり太一郎さんの隣へ行くのはどうかというと、これまた太一郎さんが嫌がりそうで、あたくしはあたくしで、所長が一緒にいるのにソファで所長以外の男の人の隣にすわるのが何となく嫌で——結論として、民族大移動になった訳。)

「え……捨て子って、あの子が？」

「ええ。少なくともあの子、船に乗る時は、父親か母親か祖父母か——とにかく、保護者と一緒にいた筈《はず》なんです。というのはわたし、たまたま始発からあの船に乗っていたんですけれど、二歳児が、保護者もなしに船に乗って来ただなんて話、聞いてませんもの」

「始発って……おい、嫌な予感がしてきたぞ」

所長、隣にすわったあたくしの右腕をこっそりつつくと、あたくしにだけ聞こえる程度の小声で、こう呟《つぶや》く。

「あの船の始発って、確かアインシュタイン・スペース・コロニー群のどっかじゃなかったか？」

「乗って来た時には、保護者がいて、なのに気がつくといつの間にか保護者がいなくなっている。——この事実だけで、捨て子って可能性、かなり高くなると思いません？」

所長が、あたくしにしか聞こえない台詞《せりふ》を言っている間にも、真樹子さん、話を続けていた。

「おい、そんな短絡的に捨て子って……何かの事情で迷子になった、とか、何かの事情で単に親とはぐれただけって可能性もあるぜ」

と、こう茶々をいれたのは太一郎さん。でも、真樹子さん、いとも簡単に太一郎さんの台詞を否定する。

「それはあり得ません」

「どうして」

「あの子が山崎さん、あなたにまとわりつきだしたのって、土星をすぎた頃からでしょう？　で、土星からこの火星に着くまで、時間は山のようにあったじゃないですか。いくら何でも迷子や親とはぐれた子なら、その間に必ず手配されてます」

「え……そうだっけ……あの子が俺にまとわりつきだしたのって……土星なんてそんな頃からだっけ？」

この辺、太一郎さんは、自分に子供がいないせいか、あるいは子供全般にあんまり興味がないせいか、どうも今一つ、頼りない。

「土星すぎてからですよ。同じベッドで寝てたんですもの、これは絶対、確かです」

一方、真樹子さんの記憶の方はといえば、これは確かなんてものじゃないみたい。確かなんてものじゃ——同じベッドで——え、えええ？

「つ……月村さん。あんた土星から太一郎と同じベッドで」

「う、嘘だっ！　何てこと言うんだこいつ、俺は潔白だっ!!」

「ち、違いますっ！　わたしが同じベッドで寝ていたのは、子供の方ですっ!!」

ほとんど同時にあげられたこの二人の叫びを聞いて、私と所長、何となく同時に胸をなでおろしたのだけれど（それにしても、『潔白だっ!!』なんて叫んだのが、男の太一郎さんの方だっていうのは一体全体何なんだろう？　この時あたくし、将来義弟になる人物は、ひょっとしてひょっとすると病的なおくてで、余程女性の方がイニシアチブをとらない限り、恋愛なんてできないんじゃないかって、嫌な予感を抱いたのよね。そしてそれがあたってたんだから……困ったもんだ）、でも、そうなると、今度は別の問題が出てくる。

「……ちょっと待て。月村さんあんた、子供と同じベッドで寝てたって……そりゃ、どういうことなんだ」

で。同じ問題点に気がついたらしい所長、急に真面目な表情になると、真樹子さんをじっと見据える。

「え……どういうことって……土星をすぎてから、あの子が急に山崎さんにまとわりつきだしたんです。でも、あの子が山崎さんの子供でないことは明白でしたし……で、前後の事情を、わたし、いろいろと考えてみて、ああ、この子は捨て子なんだなって判《わか》ったんです」

「……ば……莫迦《ばか》野郎……」

話がここまできた処《ところ》で、所長、また、あたくしにしか聞こえない程度の小声で、こう呟く。この所長の台詞が聞こえなかったものだから、真樹子さん、そのまま自然に台詞を続けて。

「見ていると——ま、自分の子でも知っている子でもないからあたり前なんですけど——、山崎さんにはこの子を保護しようって気がまったくないみたいでしたから……ですから、わたし、それならばわたしがこの子を保護しようって思ったんです。で、子供に近づいて、ちょっと親しくなって、パパもママもいま御用があるから今晩はお姉ちゃんと一緒に寝ようねって言って子供を連れて自分の船室に戻り、そのあといく晩か一緒に眠って……。あの、これは神かけて本当のことですけれど、その時はわたし、こんな風な形で山崎さんに迷惑をおかけするつもりはまったくなかったんです。まして、水沢さんや田崎さんにこんな御迷惑をかける気は、これっぽっちもありませんでした。この件に関しましては……本当に、申し訳、ありませんでした」

こう言うと真樹子さん、また背筋をぴんとのばし、深々と頭を下げる。太一郎さんは真樹子さんにこれをやられるたびに、どうも対処に困ってしまうらしく、何やら口の中でもぞもぞと呟いてそっぽを向いてしまい――で、しょうがないから所長が二人分、まとめてこう言う。

「いや……〝今までの迷惑のこと〟は、いいよ。話を続けて」

「はい。最初のわたしの心づもりでは、火星に着いたら、何とかあの子、わたしの子供だってことにして船を降りて……で、適当に、出産証明書でも養子縁組の証明書でもとって、なしくずしにわたしが、あの子の本当の保護者になってしまうつもりでした。勿論《もちろん》それが非合法だってことは判っていましたけれど、地球と違って火星なら、お金さえ出せばその手の仕事をしてくれる処がある筈だって聞いていましたし」

確かに。事情が了解できるものであれば、その手の偽造証明書の類、うちの事務所だって依頼人の為《ため》に、過去、でっちあげたことがあるもんなあ。

「でも……その予定が、初手からつまずいちゃったんです。どういう訳かあの子、山崎さんにやたらと固執していて、食堂だの何だので山崎さんの姿を見るたびに、『ぱぱ』って言ってはすりよっていってしまうし……。山崎さんが火星で降りる乗客だっていうのも、運の悪いめぐりあわせで、よりにもよって、出入国管理ゲートの前で、『ぱぱ』『違うってば』『ぱぱ』『そうじゃないだろ』って騒ぎになってしまって……捨て子とはいえ、非合法で人の子をあずかっている身のわたし、あまり騒ぎになられちゃ困るんで……水沢さん達が声をかけて下さったのをいいしおに、とにかくあのゲート、抜けてしまったんです。でも、わたしのとったそんな行動のせいで、山崎さんはほんとに不快な思いをなさったと思います。ごめんなさい」

で、またまた真樹子さん、太一郎さんに対してきちんとこう謝り、ここまで丁寧に謝られてしまうと、太一郎さんにしてみても、なかなか怒《いか》りが持続できなくなるみたい。

「……いいよ、もう判ったよ、あの時のことは。……けど……なら、何だってあの時、宙港でそう言わなかったんだ？　ゲートの前は無理でも、せめて喫茶室にいる時に。そういう事情を最初っから説明してもらってれば、何も俺達だってあんたにここまで来いとは言わなかったと思う」

何も俺達だって。

太一郎さんは、いとも簡単にこんな台詞を口にしたのだけれど。実はこの台詞を聞いて所長とあたくし、こっそりお互いの顔を見て、心の中でため息をつきあう。だって……こんな事情をもし宙港で聞いていたら、太一郎さんはさておき、少なくとも所長は、決して子供をこんな処まで連れてくるのにうべなわなかったと思うもの。というのは、この二人、どうやら気づいていないみたいだけれど……この問題、微妙な処が多すぎる。下手をして下手をすると、最悪の場合……。

でも。とりあえず、太一郎さんと真樹子さんは、こんな所長とあたくしの水面下のやりとりに気づかない。そこで真樹子さん、台詞を続けて。

「あの子が起きていましたから」

「へ？」

「あの子が——起きて、話の聞ける状態で、あの場所にいましたから。わたし、あの子の聞いてる前で、〝捨て子〟だなんて言葉、絶対使いたくなかったんです」

「……だって、おい、あの子、いくつだ？　どう見てもあの子、大人の話が理解できる年だとは思えなかったし、大体が、〝捨て子〟なんて言葉、とても知ってるとは思えなかったぞ」

「……どんなに小さな子供でも、たとえ、まだ幼児というより赤ちゃんって言葉の方が近いような年だとしても、言葉が全然判らなくても、でも、あの子はすでに人間でしょう？　だとしたら、ニュアンスが、判ってしまうと思うんです」

「にゅ……にゅあんす？」

「ええ。〝捨て子〟って単語が判らなくとも、何か不幸なこと、重苦しい感じ、哀しいイメージ……そういうものをね、何となく感じとってしまうんじゃないかと思うんです。で、わたし……そういうのが、嫌でした。まだ生まれてそんなに年月がたっているって訳でもないのに、まだできたての人生を歩きだしたばかりの子供なのに、そんな思い、させないで済むならそれにこしたことはない、たとえわたしがどれ程非常識でとんでもない女に思われたとしたって、子供にそんな思いをさせるよりいい、そう思ったんです」

「……成程《なるほど》……」

こう言った時の真樹子さんの表情が、とんでもなく真面目で真剣なものだったから。太一郎さん、ひとことこう言うとそのまま黙りこんでしまう。

だけど。所長とあたくしは。

真樹子さんのこの台詞を聞いた瞬間、所長はあたくしをつつき、あたくしは所長をつつき——その行動だけで、お互いに相手が何を考えているのか、大体の処、判ってしまう。

この問題は——もし、最悪の想像があたってしまった場合——ただごとではなく、やっかいな問題に発展しかねない。だって……関係者の布陣が、すでに、ただごとではないもん。

というのは。真樹子さん、まずこの人が、ただものではない。どう考えたって、まっとうかつしあわせな幼少時代をすごしてきた人だとは思えない。まさか、真樹子さん本人が捨て子だったとは思えないけど（それじゃあんまりできすぎってものよね）、それに近い程、不幸な幼年時代をすごしてきている人だと思う。

だって。そうじゃなきゃ、余りに納得できないでしょう、彼女の行動。

普通の人が、捨て子を発見してしまった場合。そりゃ、ケース・バイ・ケースで、いろいろな行動が考えられるとは思うんだ。かかわりあいにならないよう、見て見ぬふりをする人もいるだろうし、自分でひきとろうって思っちゃう人もいるだろう。けど、その、自分でひきとろうと思っちゃう人も、大抵、まず、警察だの何だのに届けるだろうと思うんだ。何たって、そうしておいた方がのちのちのごたごたも少なくて済むだろうし、合法的にその子をひきとることだって、ちゃんと届けを出しといた方がしやすいに決まってるし。

それにまた。届けを出さない場合だって、それってあくまで〃届けを出さない〃っていう、いわば消極的な違反をするのが普通であって、出入国管理ゲートをごまかすだの、偽造出産証明書を作ろうだの、積極的な違反をする人って、まあまれだと思う。

その上、真樹子さんの、子供に対する異常とも言える思いやり。（どんな非常識な行動をとろうとも、とにかく子供の前では、その子にはおそらく理解できないであろう〃捨て子〃って言葉を使うまいとするっていうの、充分異常な思いやりだと思う。）

と、これらを総合すると――真樹子さんって、かなりのコンプレックスを持つような幼少時代をすごした人なんだろうって思えてしまうのね。

で。その真樹子さんに対して、太一郎さんはどうかといえば。これがまた、百八十度、違った意味でのコンプレックスを持つ人じゃない。実の親にこそ育ててもらえなかったものの、あまりといえばあんまりの過保護な環境で育ち、それが嫌さに家出までした太一郎さんは、そのあまりに過保護な幼少時代故に、子供時代の不幸って話を出されると、それに対して絶対反論できないような精神状態になってる人だと思うんだわ。

で、こんな二人の人物の間に、真樹子さんの台詞によれば、捨て子とおぼしい子供がはさまっちゃったら……ぐわわわ、嫌な予感がする。何だか、とっても、嫌な予感がする。

「確認するぞ」

あたくしが嫌な予感にうちふるえている間、あたりには何となく沈黙が続き——と、ふいに所長が、真面目な声で、こう言った。

「事実だけをひろいあげると……土星をすぎたあたりで、月村さん、あんたは、保護者のいない子供をみつけた。で、あんたはその子を捨て子だと思っちまった」

「……思ったんじゃありませんわ。実際、あの子は捨て子なんです」

「悪いけど俺が今問題にしてるのは、心証なんてものが一切まじらない、純粋な事実関係のみだ。……で、純粋な事実関係のみを問題にするなら、俺の言ってることに間違いはあるかね」

「……いいえ」

あからさまに不承不承って感じで、それでもしょうがなく、真樹子さん、うなずく。

「で、あんたはその保護者がいない状態の子を、何日か、完全に保護者として保護してしまった。……もしあんたが、あの子と夜、一緒に寝ようなんてしなければ、土星をすぎたその日には、あの子、迷子として宇宙船会社に保護されることになったろう」

「え……ええ」

「その上あんたは、どうやってかあの子を、何とか火星に降ろすことに成功しちまった。……おそらくは、外交上の特権を利用したんじゃないか？」

「……ええ」

そうなのだ。あたくし達が、太一郎さんと真樹子さんと子供を、一つのグループだってみなしてしまったのは、これのせいもあるのだ。

現在では。月、および太陽系内のすべての惑星、太陽系内に点在するスペース・コロニー、そして太陽系外のスペース・コロニー、一部の惑星は、外交上、地球政府から独立している。故に、惑星間旅行には、おのおの出身星の政府が発行したパスポートってものが、絶対、必要になる訳ね。理論的には、パスポートを持っていない人間は、自分のいる星を出ることも、他の星にはいることも、できない仕組みになっている。（もっとも、パスポート審査ってかなりいい加減なもので、偽造するのもとっても簡単みたいだけれど。）

けど。旅客の中には、自分で自分のパスポートを作ったり、あるいはそれを所持することができそうにない人も、いるじゃない。たとえば——乳幼児、なんか。

そんな訳で。普通のパスポートには、連れている子供の有無を記す処がある筈なのだ。かくて、乳幼児なんかは、保護者のパスポートにより身分を保証され、出入国管理ゲートを抜けることができる。

言いかえれば。いくらお役所仕事でいい加減な火星の出入国管理ゲートとはいえ、フロンティアの無法地帯って訳じゃないんだから、まったくパスポートの類を持っていない、親のパスポートにも記載されていない子供を、通してくれる筈が、ないことになっているのね。で、だから——逆に言えば、あの宙港で、この三人連れが出入国管理ゲートを通った瞬間、所長とあたくしは、とにかくあの子は太一郎さんか真樹子さんに関係のある子供なんだろうって、勝手に思いこんでしまった訳なのだ。

でも。

真樹子さんがあの船に出発地から乗っていた——言いかえれば、真樹子さんの出身地がアインシュタイン・スペース・コロニー群のどこかだってことになると、ちょっと事情が変わってくる。

パスポートがどうのこうのなんていうのは、所詮、宇宙の法則や真理なんてものじゃない、政府間の約束ごとにすぎないものじゃない。何たってこの広い宇宙の中には、まだろくな行政府がととのっていない星だってあるし、未だ独立戦争中で独立が認められていない星域もある、主義主張の違いから国交のない星同士もあれば、政治的亡命者ってものもあり——そして、アインシュタイン・スペース・コロニー群のように、今現在とんでもない外交上特権を持っている処も、あるのだ。

アインシュタイン・スペース・コロニー群は、その名のとおり、一つの巨大な大学とシンクタンクが持っていたスペース・コロニー群で、学問の独立って見地から自治権があった、いわば一つの学園惑星みたいなもので——そして、今、まさに閉鎖をしようとしているスペース・コロニーの筈なのだ。

自治権のあるスペース・コロニーが閉鎖するっていうのは、いわば、一つの国が滅びるようなものだから、必然的に、そこの住民は、閉鎖期間中に他の惑星に移民しなきゃいけないので。普通、この類の移民は、どこの政府もあんまり歓迎しないものと相場が決まっているのだ。何てったって、極めて短期間に（これがスペース・コロニーだから、閉鎖が決まってから実際に閉鎖されるまで、いささか準備期間があったものの、これが天然の惑星であったりしてごらんなさいよ、天変地異だ、この星には住めないって時には、下手すると数日から数ヵ月で、その惑星の全住民が移民する羽目になるんだから）、極めて大人数の（数万から数千万、下手すると数億の人が、一斉に路頭にまよう訳よね）移民が発生することになる訳だから。

ところが。アインシュタイン・スペース・コロニーは、そんな中で極めて例外的な星で（閉鎖が決まってから実際に閉鎖されるまでにかなりの準備期間があったし、人口がかなり少なかったっていうのも、有利な点だったと思う）——どこの政府も、ここの移民なら、よろこんで全部ひきうけようって態度を示したのだ。なんせ、このスペース・コロニーにある、アインシュタイン・スペース・ユニバーシティは、全宇宙で一、二を争う名門大学だったし、アインシュタイン・シンクタンク・シリーズは、全宇宙で一、二を争う科学者のあこがれの的だったしで。何だかんだすったもんだあった末(これは絶対、陰でアインシュタイン・スペース・ユニバーシティの政治学者が暗躍したせいだと思うな)、気がつくと。いつの間にか、アインシュタイン・スペース・コロニー群は、別にどこの星に吸収されるって訳でもなく、市民一人一人が好きなように移民先を選べ――なおかつ、かなりの外交上の特権を手にしていたのである。たとえば、基本的にすべての手荷物検査はフリーパス、とか、電子媒体保護の為、すべてのスキャン類はフリーパス、とか、薬品類の持ちだし自由、とか……。

つまり。今の処、どの星の出入国管理官も、アインシュタイン・スペース・コロニー群発行のパスポートを持った人は、ほとんどフリーパスでゲートを通してるってことになり、真樹子さんはこの条件にあてはまり……そんでもってそれを考えると、真樹子さんがこの外交特権を利用してあの子にゲートを越させてしまった可能性ってかなりのパーセンテージでありそうで……その上、真樹子さん、あろうことかその疑いを、みずから肯定してしまったのだ。

「……あ……頭、痛い」

真樹子さんの『……ええ』って返事を聞くと、所長、こう言って頭をかかえこんでしまった。ここで二人して頭をかかえこんでみても、それってまるっきり莫迦だから、だからあたくしはやらないけれど……でも、あたくしだって、許されるのなら、そうしたい。

「あの……頭痛いって、何故なんですか？」

で、また。肝心の真樹子さんが、所長やあたくしの苦悩をまったく判っていないから……これは、二重に、頭が痛い。

「……いいか、真樹ちゃん」

しばらく頭をかかえこんだあとで。所長、ふいに顔をあげると、一語一語区切るようにして、こう言った。

『いいか、真樹ちゃん』。この言葉を聞いて、あたくし、しょうがない、心の中でため息をつく。

所長って、とにかく人がいい人で、うんと人がいい人で、やたらめったら人がいい人で――何ていうのかな、保護者意識が、むやみやたらと発達している人なのよ。で、そんな彼が、妙に親し気に名前を呼ぶってことは、いつの間にか、所長にとって真樹子さんって被保護者になってしまったってことで――こと、事態がこうなれば。たとえ真樹子さんがこの先それを何と言って拒もうとも、所長、まず間違いなく、真樹子さんとあの子供の面倒を最後までみることになっちゃうんだろうなあ……。

「下手するとあんたね、これ、誘拐だよ？」

「……え？」

でも。所長がかなりおどかし気味に言ったこの台詞、どうやら真樹子さんには全然ぴんとこなかったみたい。

「あのね、あんたがやったことって、下手すると誘拐になっちまうって言ったの」

「あの……おっしゃる意味が、よく判りません」

「あ……ああ、成程」

まだ判らないらしい真樹子さんが不得要領《ふとくようりょう》な声を出すと、かわりに、太一郎さんがこうあいづちをうってくれた。で、所長、真樹子さんに判らせようと、ゆっくりと台詞を続ける。

「……素直に状況を整理してみよう。いいか、真樹ちゃん、あんたは一人でいるあの子供を見て、とにかく何が何でも捨て子だって思いこんでしまった訳だ。でも、冷静に考えてみると、実はあの子は捨て子じゃなかったのかも知れない」

「いいえ、それはあり得ませんわ。だってあの子……」

「ストップ。冷静に考えてくれ。いいか、俺は、〝あの子は絶対に捨て子じゃない〟って主張をしている訳じゃないんだ。〝あの子は確かに捨て子かも知れない、でも捨て子じゃないかも知れない〟って言ってるんだよ。今判っていることっていったら、真樹ちゃん、〝あんたが見た時にはあの子に保護者がいないように見えたことと、あの子がどう見ても保護者とは思えない太一郎になついていた〟こと、この二つだけだろ?」

「え……ええ、厳密に言えば。でも……保護者がまったくそばにいない二歳児って、それだけで充分異常だし……あの子、たっぷり二時間は、山崎さんにまとわりついていたんですよ?

そりゃ、子供からちょっと目を離す親だっているだろうし、場合によってはその間に親からはぐれてしまう子供だっているとは思います。でも、二時間、そんな状態で、子供を放っとく親はいないと思います」

「まあ、理論的にはね」

「それに、わたしがあの子を保護してから——土星から火星までの間には、何時間って単位じゃない、何日って単位の時間がはさまっているんですから……子供を迷子にしてしまった親が、何日も名乗りをあげないだなんて、これ、捨て子以外のどんな可能性があるっていうんです」

「だからさ、一番ありきたりの処で、誘拐の可能性」

「え？」

「……あのね、真樹ちゃん。仮にあんたがあの子の親だとするよ。で、ふと目を離したすきに、子供がいなくなってしまった。さて、あんたなら、どうする？」

「探しますわ。勿論、探して、すぐみつけて……」

「ところが運悪く、子供は子供であっちこっち動きまわり、とにかく母親のあんたとすれ違ってしまう。つまり、どう探そうともどうしても子供はみつからない。……さて、あんたならどうする」

「え……それは……船の警備員に届ける、とか……」

「よし、届けた。でも、どこにも迷子らしい子供がいるって報告はない。そしてそのうち、やがて夜はふけ、どう考えても、その子が眠くなり、眠っているであろう時間になる。でも、ここまできてもまだ、不審な子供がいる、とか、眠りこんでいる子供をみつけたっていう報告はない。……ない筈だよな、何せその時、当の子供は、おせっかいな上に迷子を保護したって連絡もしない、一般乗客の部屋で眠ってるんだから」

「………」

「親にしてみれば気の狂いそうだった夜があける。……でも、それでもまだ、迷子の子供を保護したっていう報告はこない」

「………」

「こと、事態がここまで来れば、大抵の親は誘拐の可能性を考えると思うよ。で……一回でも関係者の脳裏に誘拐って単語がうかんじまえば、そこから先、その子の捜索は当然内々のものになるよな。行方不明になった子供を探している親がいるって情報は、秘密事項になる」

「………」

「で、もし。もし万一、あんたが保護してるって主張するあの子がそういう子供なら、あんたは誘拐犯だし……事情を知らなかったっていくら主張しても、おそらく太一郎は誘拐の共犯ってことになるだろう。不本意ながら、俺と麻ちゃんは事後従犯だ」

「………」

ぷるぷるぷる。

所長の台詞が続くにつれて、真樹子さん、段々、ふるえだしてきてしまった。

おまけに。最後の頃にはこんなうめき声までもらすようになり――あたくし、軽く所長をつつく。

「……えっ……えっ……えっ……」

おそらくは、身に覚えのない罪を告発され、最初は怒った真樹子さんも、段々事情が判ってきて……今では、後悔のあまり、泣き出しそうになってるんだな。そう思ったので、なるべく優しい言葉を選んで話を続けるよう、そっと所長に合図をおくるつもりで。

ところが。

「えっえっえーと、あの、その、水沢さん、それ、本気ですか？」

真樹子さんってどうやら、とてもじゃないけどこんなことでよよと泣き伏すタイプじゃなかったみたいで……今の台詞の調子から判断すると、どうやらあれ、笑いをこらえてのふるえだったみたい。

「本気って？」

あたくしの合図に同意して、やわらかい言葉で続きを話そうとしていた所長は、当然のことながらこんな真樹子さんの様子を見て憮然《ぶぜん》とする。でも、真樹子さん、そんなことまったく気にせずに。

「あの、だって、わたしの持っている外交上の特権って、決してオールマイティのものじゃないですから、もし、あの船の中で実際に誘拐事件が起こっていたら、いくら何でもわたし、あの子を火星に降ろすことなんてできませんでしたわ。それに、万一誘拐事件なんかが起こっているのなら、下船の時の幼児へのチェック、当然さり気なくもきびしいものになる筈でしょう？ゲートの前で、〃俺の子じゃない〃論争なんかやってたら、一発で警備員、とんできますよ」

「……ごもっとも」

真樹子さんの台詞を聞いて、所長、更に憮然とした表情になると、こう続ける。

「しかしあんたって可愛気がないな。あんたが泣きだしたり後悔したら、俺、そう言ってやろうと思ってたんだが」

「わたし、可愛気がないんで有名なんです」

「そうみたいだな。じゃ、こっちも、下手にあんたを情緒的に納得させようと思わないでもっと理づめの話をしようか。……あの子、捨て子じゃねえよ。捨て子じゃねえから、一刻も早くあの船に、〃これこれこういう子供を保護しました〃って連絡、いれてやりな。じゃないとのちのち、話がややこしくなるだけだ」

「……え……だって、現に、迷子でもなければ誘拐事件でもなかった訳でしょ？　一体水沢さんあなた、どういう理由であの子が捨て子じゃないっておっしゃるんです」

……変な人だ、真樹子さん。先刻《さっき》の誘拐犯云々っていう所長の台詞を笑いとばせる程には理性的な人なのに……どうして、ことこの点に関してだけは、妙に情緒的になってしまうんだろうか？

「常識ある大人としての判断。常識ある大人として判断すれば、あの子、捨て子であるよりない可能性の方がずっと高い。故に、可能性の問題からいって、あの子は捨て子ではないと俺は思う。……それにま、常識ある大人として言わせてもらえば、たとえそれが捨て子であれ迷子であれ、自分の子供ではない子供を保護しちまったら、そりゃ、当然、届け出るべきだぜ。黙って自分の子供にしちまうっていうのは、どう考えても常識のある人間のすることじゃない」

「……わたし、可愛気もないですけれど、常識もないんです」

所長のこの台詞を聞くと、すっと真樹子さんの顔色が変わり——ただでさえ、色白だった真樹子さん、色白なんてものを通りこし、まるで血の気のない、ついで表情なんてものをなくした、マスクのような顔になる。

「水沢さん、あなたには本当に御迷惑をおかけしました。これ以上御迷惑をおかけするのも何ですから、わたし、たった今、あの子と一緒に失礼いたしますわ。どうか、わたしとあの子のことは、お忘れになって下さいませ」

「待った。忘れる訳にはいかない。……言っただろ、俺達はもうまきこまれてるんだ。このまじゃ、太一郎は誘拐の共犯だし、俺と麻ちゃんは事後従犯だ。人をここまでまきこんどいて、失礼しますの一言ですべてがおさまるだなんて思って欲しくない」

「ですから、あの船の中で誘拐事件なんて起こっていないって、わたし、今、説明しましたでしょ？　起こっていない誘拐事件に対して、共犯も事後従犯もあり得ませんよ」

「ああ。確かに今の処、誘拐事件は起こっていないようだが、俺にはどうしてもあの子が捨て子だとは思えないから……捨て子じゃない、他人の子供を、勝手に連れてきちまったら、たとえ今は誘拐事件にならなくても、必ずのちのちろくでもないことにまきこまれるに決まってる」

「……あの……水沢さん……あなた、何か、誘拐に対するトラウマでもおありなんですか？　どうしてここまで捨て子だってはっきりしている子供のことを、あくまで誘拐だ、誘拐だって騒ぐんです」

「同じ台詞を、真樹ちゃん、あんたに返してやるよ。あんた、捨て子に対してどんなトラウマ持ってるんだ？　どうすりゃここまで明瞭に捨て子じゃない子を、捨て子だ、捨て子だって騒げるんだ？」

　この所長の台詞と同時に、所長と真樹子さんの視線、宙空で微妙にからみあい――所長があくまで真面目な顔で、真剣にこう主張しているって判ったらしい真樹子さん、それからすっと視線をそらす。

「……あの……先刻も、常識ある大人としての判断では、あの子が捨て子でない可能性の方がずっと高いっておっしゃってましたよね……。あの子が捨て子ではない、どんな根拠があるっていうんです」

「すっごい簡単。惑星間を飛ぶ宇宙船の中に子供を捨てようと思う人はいないから」

「え……あ」

宇宙船の中に子供を捨てる。これ……原理的には、まったく、不可能なのだ。

だって。

宇宙船の中に子供を捨てる為には、その前段階として、まず、子供を連れて宇宙船に乗らなきゃいけない。ということは、ここで、本人と子供のパスポートが必要で（あの子の場合には、あの子を連れているってことが明記してある保護者のパスポートが必要で）、その上、自分が乗った星と降りた星の出入国管理ゲートで出入国をチェックされる。

とすると。子供を捨てようと思った親は、十中八九、降りる際に、『パスポートに記載してあるお子さんはどうしたんです』って出入国管理官にチェックされることになる筈だし、万一とっても運が良くてチェックをされなかったとしても（ずさんな管理官にあたれば、そういうこともあるかも知れない。でも……仮にも何らかの犯罪をおかそうという人が――子供を捨てるっていうの、充分立派な犯罪だよね？――、ここではきっとずさんな人にあたるだろう、なんて期待のもとで、そんな計画を練るとは思えない）、捨て子がいるって判った段階で、すべての記録が調べなおされ、捨てられたのが、どこの誰の何ていう子供なのか、即座に、一発で、ばれちゃうだろう。

それにまた。宇宙船っていうのは、飛んでいる時は密室なのだ。それも、ミステリ史上、どんな名作に出てくる密室《ロックド・ルーム》よりもはるかに完全な、密室というより気《き》密室《みっしつ》。密室の中に子供を捨てて、誰が親だかばれないだろうって考えるような人間がいるとは、これまた、とても、思えない。

とすると。確かに、宇宙船の中に子供を捨てようだなんて思う人間がいるとは思えなくなり……必然的に、宇宙船の中であたかも捨て子のように発見されたあの子は絶対捨て子じゃなかったってことになり……。

（ま、もっとも。純粋理論上から言えば、宇宙船の中に子供を捨てるのは、絶対に不可能って訳じゃない。最初っから偽造のパスポート使って乗りこむとか、子供を眠らせてぬいぐるみだの剝製《はくせい》の動物の中にいれて船に乗るとかすれば、理論的には、宇宙船の中に子供を捨てられない訳じゃない。……ただ……実際問題として、養護施設の前とか、教会とか、その他普通の路上とか、もっとずっと簡単に子供を捨てられる場所が数千もあるのに、何だってそこまでしてわざわざ宇宙船の中に子供を捨てなきゃならないのかっていう疑問が出てくるんだよね。）

「……判りました」

しばらくの沈黙のあと、一回目をつむって、それからゆっくりとその目をあけ、真樹子さん、こう言う。そして、それと同時に、真樹子さんの方を見ていたあたくしの視線をすっと何か人影がよぎったような気がして……え？　太一郎さん？

「成程、確かにあの子は、あるいは捨て子ではなかったのかも知れません。……でも、なら、あの子の親は？　何だってあの子を探してくれないんです。何だって誘拐だって騒ぎたてて出入国管理ゲートの処で山崎さんとわたしをつかまえなかったんです」

「……んな莫迦なことで、んな莫迦なとこでつかまえられてたまるかよ」

ぼそっとしたこの台詞と共に、太一郎さん、自分の席に着き……え？　ええっと……？　ということは、太一郎さん、今まで席をはずしてた訳？　いつから？　どうして？　ま、あたくしが真樹子さんの方ばっかり見ていたせいもあるんだろうけど……ぜーんぜん、気づかなかった。でも、確かに思い返してみれば、ずいぶん前、所長の『下手すると誘拐だよ』って台詞にあいづちをうった時から、太一郎さんの声って聞こえていなかったし、考えてみれば結構おしゃべりな太一郎さんが、その間ずっと皮肉も何も言わなかったっておかしいような気もするし……と。

「さてと、ね、それがむずかしい問題なんだよな」

所長、太一郎さんが席に着くのを横目で見、太一郎さんがちょっとの間席をはずしたのなんて別に何の問題もないって風情で煙草に火をつけ。

「正直言うとね、その理由は、今んとこ俺にもさっぱり判らない。全然想像もつかないと言っていい」

それから所長、所長のこの台詞と共に身をのりだした太一郎さんに軽く右手の指を何本かあげてみせ（……これって一体、何の合図なの？　ううん、それより、今日初めて会ったっていうのに、いつの間に所長と太一郎さん、何か特定の合図をかわせるような間柄になっちゃったの？　これは……その……あの……大人気ないとは思うけど、見た瞬間、体中の血が逆流するかと思う程、ショッキングな出来事だった。だって。だって、ねえ、太一郎さん、あなたなんて、あなたなんて、そりゃ、確かに所長と同じ血は流れているかも知れないけれど、でも、弟じゃない。あたくしなんて、あたくしなんて、恋人なんだぞっ！　弟が、恋人より親密だなんて……そんなの、許せないわっ！）、台詞を続ける。

「ただ……これまた、常識ある大人としての判断なんだけど……世の中には、時々、想像を絶するような訳の判らないことが起きるんだ。でもって、その想像を絶するような訳の判らないことって、原因をたぐってゆくと、意外と普通のことがちょっとこじれて、で、思いもかけない結果になっちまったっていうケースが、多いんだよね」

「……？」

「で……そういう、訳の判らない出来事に出食わしちまった場合——たとえば、今回の、〝いる筈のない宇宙船内の捨て子〟みたいな奴ね——、それに関わった人間は、できるだけ常識的な行動をとるべきだと俺は思うね。常識が、どっかねじれて非常識になってしまったんなら、ねじれたあとはとにかくずっと常識でフォローするのが正解だよ。……常識がねじれて非常識になった奴を非常識がフォローしたら……そのあとに来るのは、〝訳判んない〟って状態だろうが」

「？」

「いいや。この話は、やめよう。それより太一郎の話を聞こうじゃないか」

「え……山崎さんのお話って？」

真樹子さん、ここで久しぶりに太一郎さんの方へ顔を向け——と、太一郎さん、何だかちょっと複雑な顔になる。

「太一郎、おまえ今、宙港の方へ問いあわせやってきたんだろ？　だとしたら、何か話すことがあるんじゃないか？」

「あたり」

で、太一郎さんの表情が、何ともいえない複雑なものからにやにや笑いへと変化している間に、真樹子さん、完全に激昂《げきこう》して立ちあがる。

「な、なあんですって？　山崎さん、あなた勝手に、あの子のこと宙港に連絡しちゃったんですか⁉」

「そ」

「な、何でそんな勝手なこと……わたしに一言もことわらないで……」

「俺もこの件にまきこまれるに際して、一言だってことわられた覚え、なかったしなあ」

「だからそのことは謝ったじゃないですか。なのに、よくも、よくも、勝手にそんなひどいこと……」

立ちあがった真樹子さんの両手、かたくこぶしを握りしめたまま、ぶるぶるふるえだす。と、太一郎さん、顔から皮肉めいたにやにや笑いをひっこめ、いささか真面目な表情になって。

「まあ、落ち着けや、月村さん。結果として、連絡いれてみて、多分、よかったんだから」

「え？　じゃ、あの子の親……いたんですか？　あの子のこと、探してたんですか？」

「いや。もっとずっとややこしいことになってる。……まあ、すわんなさいよ」

「え……ややこしいことって……迷子じゃないなら捨て子でしょ。親がいないなら捨て子ってことに……」

　こう言いながらも真樹子さん、ちょっとは落ち着いたのか、視線こそ食いいるように太一郎さんの顔に向けてはいるものの、体の方は素直に再び腰をおろして。

「ちょうど宙港でも問題になってた処だったんだよ。あの船の終点は火星だろ、乗客が全部降りた処で事務処理はじめたら、人数があわなくなってたんだそうだ。あの船に乗った人間は、出発地から、のべ二千八百九十四人で、降りた人間は二千八百九十三人。一人、行方不明が出ている訳だ」

「ややこしいことも何も……なら、話は簡単じゃないですか。単にあの子がその行方不明者で」

「ま、話を聞けよ。続きがあるんだから。……知ってのとおり、こんなの実はたいした問題じゃない。特に太陽系外じゃ、密入国・密出国なんて日常茶飯事だしな。だから普通なら、一人くらい人数があわなくても誰も気にしないんだが、あいにく――と言っていいのかどうか判らんが――あの船の乗客係がもっの凄《すご》く几帳面な奴でね、乗客の乗り降りを全部数えてたって主張するんだよ。で、その男に言わせれば、絶対人数はあってる、一人たりない訳がないっていうんだ」

「だから……その、どこがおかしいんです？　事務処理の上で人数があわなかったのは、パスポート等の集計結果でしょ、そして乗客係の人が数えてたのは、実際の人数じゃないですか。わたし、あの子のパスポートごまかして火星へ降りたんですから、パスポートの集計では数があわない、でも実際数えてみれば数はあってる、このどこに不思議があるんです」

「まあまあ。それは、あくまで、こっちの判断だぞ。乗客係にしてみれば、月村さん、あんたがパスポートごまかしたなんて知らない訳だから、不審に思って当然な訳だ」

「ま……そりゃ、そうですけど……」

「でね、その乗客係は実に何ともまめな奴で、降りた乗客の氏名と各星で入国した連中の氏名を照合してみたんだそうだ。その結果、事態はもっと訳判らなくなった。乗ったけど降りていない乗客の数が、増えちまったんだ」

「……え？」

「コロニー・ネプチューンNO6って処から乗った、ソガ・リョウコとソガ・ショウコって親子連れ。この二人は記録上はどこにも降りていない。そのかわりっちゃ何だが、ヤマダ・ハナコっていう、本来乗っていない筈の乗客が、土星で降りてる」

「ほおら、やっぱりあの子、捨て子じゃないですか！　母親の方が偽造パスポート使って、あの子を船に捨てて逃げたんですわ！」

太一郎さんの台詞をここまで聞いた瞬間、真樹子さん、勝ちほこったかのようにこう叫んでいた。で、あたくし、思わず真樹子さんに敬服し——最初っからあの子のことを捨て子だって思うだなんて、たいしたカンじゃない——、また、同時にあきれてしまった。だって……まさか、本当に偽造パスポート使ってまで、わざわざ宇宙船の中に子供を捨てる人がいるだなんて思わなかったもの。

「いや、まだ話は続くんだ。その乗客係も最初は、ヤマダ・ハナコって女が、ソガ・リョウコって名前の偽造パスポート使って子供を捨てたってセンを考えたんだそうだ。捨て子にしちゃ肝心の子供がいないのはおかしいが、あるいはその子はどっかのおせっかいな乗客が勝手に保護しちまったのかも知れないって思ってな」

で、ここで太一郎さん、真樹子さんのことを軽くにらむ。

「ただ、その乗客係、日系人なものでこの名前にひっかかったんだよな。ヤマダ・ハナコとソガ・リョウコじゃ……全国の山田さんには悪いけど、どう見ても偽名っぽいのって、ヤマダ・ハナコの方じゃないか」

だってそんなの、ソガ・リョウコって人がヤマダ・ハナコって偽名を使ったって思えばそれだけじゃない。あたくし、一瞬そう思いかけたんだけど……でも、確かに、それは変だ。だって本名で堂々と子供を捨てちゃったら、パスポートには本籍地だの何だのが全部書いてあるんだもの、全然、捨て子にならないじゃない。

「で、まあ、その乗客係、もの好きにもソガ・リョウコとヤマダ・ハナコの出身地に問いあわせたらしいんだよな。その結果、ソガ・リョウコは実在の人物、ヤマダ・ハナコは偽名だってことが判ったそうだ。そんでもっておまけに、ソガ・リョウコとソガ・ショウコには捜索願が出てるってことも判った」

「え？」

「結論から言うと月村さん、あんたが捨て子だってわめいていたショウコちゃんは、母親のリョウコさんともども、何か訳の判らない事態にまきこまれてああなっちまったみたいだぜ。ソガさん家では、ショウコちゃんのじいさんばあさんが、娘と孫が失踪しちまったんで、身も世もなく心配しているそうだ。……さて、どうだね。これでも宙港に連絡しない方がよかったと思う？」

「……いいえ」

太一郎さんの話を聞きおえたあと、真樹子さんしばらく自分の下唇をかみ――それから、きっぱりと、こう言った。

「ごめんなさい、ありがとうございます。あの子が心配している家族の許《もと》へ戻れるのなら、何にせよその方がずっといいし」

それから真樹子さん、すっくと立ちあがって。

「だとしたらわたし、一刻も早くあの子をお家へお返ししますわ。それから……その、リョウコさんって人がどうなったのか、調べなきゃ。どうもお話の感じだと、リョウコさん、自分の意志であの子を手放した訳じゃないみたいだし、だとしたら、何かのっぴきならない事態にまきこまれている可能性もあるし、その場合、わたしがあの子を保護した時にそれを当局に届け出てれば、事態は好転していたかも知れないんだし……とにかく、わたし、行動しますわ。勝手にあの子を保護したせいでリョウコさんって人の捜索がおくれたのならば、わたしがその責任をとらなくっちゃ」

で、立ちあがった真樹子さん、そのますますたすたと子供のいる部屋の方へと歩いてゆきかけ、所長がそっとその手をつかむ。

「お手伝いしますよ、お嬢さん」

「え、いえ、そんな御迷惑は」

「何せ共犯と事後従犯だから。それに、口はばったいようだけど、こっちはプロだし」

立ちあがると、所長、鮮やかに真樹子さんにウインク。こういう時あたくし、しみじみと思っちゃうんだけれど、あたくしって、ほんっと、男の人を見る目があったってことよねえ。

視界のすみでは太一郎さんが、『共犯ってことは俺もかよ』なんて、ぼそぼそ言っているのが、かすかに見えた。

PART V
再び、その日、宙港にて――

「……その……何だな、麻ちゃん、悪かったね」

「いーえ」

……何だか莫迦《ばか》みたいにめまぐるしくて、正直言うと何が何だか未だに実感がわかないのだけれど、その日の夜遅く――というより、ここまで来ると朝早く、だな――、あたくし達は、また、宙港にいた。

「……いやその……太一郎ってほんっとに気のきかねえ奴で……ごめんよ。兄として、謝る」

「いーえってば所長。いいんです」

いいんです。そう、誰も悪いことなんかしていない、誰もあたくしに謝る筋合いなんかじゃない。

あのあと。

いったん、あの子のことを何とかしようって決断してからの、太一郎さんのとった行動は、早かった。所長もあたくしも、一応は探偵事務所みたいな処《ところ》で仕事しているんだもの、いったんことを決めてからの実行力には自信があったんだけど、太一郎さんの行動はそれに輪をかけてやたら早くて――正直言っちゃうと(ううん、これは多分、本当は正直、じゃ、ないんだろうな。あたくし、ちょっと太一郎さんに嫉妬《しっと》してるみたいだから、偏見ってものがまじっているかも知れない)、早いっていうより、ゆとりがないって感じ。

まず。

あのあと太一郎さん、三十秒程『共犯ってことは俺もかよー、何の因果で俺がこんなことにまきこまれにゃならんのだよー』ってぶちぶち言い、真樹子さんが『あなたに手伝っていただきたいだなんて、わたし、ひとっことも言ってません』って言いだす直前に立ちあがり、真樹子さんが文句を言っているのを尻目に電話にむかい、電話をかけながらお尻のポケットをごそごそかきまわし、電話を切るのと同時にふり返って、右手につかんだものを、まだ文句を言っている真樹子さんにおしつけたのだ。で。

『な……何です、これ』

『金。余ったら返せよ、俺は貧しいんだ』

『どうしてわたしがあなたからそんなもんもらうんですかっ! たった今、お返ししますっ!』

『うるせえ、黙れ。あんたにゃ要《い》るんだよ、現金が』

『お金くらい、わたしだって』

『黙って聞け。あんたの持ってるお上品なクレジット・カードはお上品な店でしか使えんだろうが。お上品な処に行けない今は、とりあえずある程度の現金が要る』

で、何となく真樹子さんが太一郎さんのいきおいにのまれ、黙りこんでしまった処で、太一郎さん、にやっと笑って。

『今夜午前四時に火星を出る船のチケットがとれたから、とりあえずあんたは買い物してこいよ』

『え……船って……』

『言っとくけどこの急な話だから、あんたが火星まで乗ってきたような、いい船のいい船室なんてとれやしない。殆《ほとん》ど最低の船だからして、あんたはただちに、あんたとガキの分、質流れの服だのバッグだの買ってくるんだな。そんな格好でそんな船に乗ってみろ、あんたとガキは、すりとかっぱらいの山に狙われて、運が悪きゃ土星に着くまでにどっか売られていっちまいかねない』

『土星に着くまでにって……あちらのおじいさま達に、ショウコちゃんのことを土星までむかえに来てもらうつもりですか？　そりゃ、確かにわたしがあちらのお宅までショウコちゃんを送ってゆくよりも、その方がずいぶん時間の節約にはなるけれど……最悪の場合、ソガさん親子がまきこまれているごたごたに、あちらのおじいさま達までまきこんでしまうことになるんじゃ……』

『だから、いっそ、土星まで来てもらった方がいい。いかにこの太一郎さんが有能だろうと、俺だって一度に二つの場所にいることはできんしなぁ』

『え、じゃ、山崎さんあなた……』

『俺の方は今夜十一時五十分の船がとれた。と、まあそういう事情なんで、水沢さん、悪いけど俺、ちょっと土星まで行ってくるわ。おふくろに線香あげるのは、帰ってきてからのことにしよう』

『ちょっと待って山崎さん。それならわたし、その十一時五十分の方にしますわ。わたしのせいでややこしくなった事態なら、まずわたしが土星に行って』

『それは駄目。まず、十一時の船の方は、どうやってもチケット一枚しかとれなかった。午前四時の方は、何とか二枚とれた。俺とあんたで、ガキの面倒がみられるのはどっちだ』

『了……解、しましたわ。……じゃ、わたし、とにかくお店がしまる前に、あの子の着がえと必要なものだけ、買ってきます』

『忘れるな。金のなさそうななりも、だ』

と、ここでそれまで太一郎さんにおしまくられていた真樹子さん、初めてゆとりをとり戻したかのように、にっこり笑って。

『あら。たとえどんな格好していようとも、わたしに何かしようと思う人がいた場合、後悔するのは必ずそちらですわ』

で、こう言って真樹子さんが出てゆくと、太一郎さん、今度はくるりとこちらを向いて。

『で、水沢さん、あんた悪いけど、ソガのじいさんってのに土星まで来るよう言ってくれないか？　じいさんの方は、そんなにあせらないで、ゆっくりまともな船に乗ってでいい。どっちにしろ、あっちの方がはるかに土星に近いんだしな』

『……判《わか》ったよ』

でも、こう言った時の所長の声音、何だか凄《すご》く不満そうだった。で、一瞬、所長、あたくしと同じことを不満に思ってくれたのかなって思い……けど、所長の不満の理由って、どうやらこちらとは全然違ったものだったみたい。

『ただ……おい、太一郎、おまえお兄さんのことを何だと思ってるんだ？　どうしてそう、何もかも一人でやっちまうことにしちゃうんだ。それに大体、真樹ちゃんの件にかむって最初に決めたのは俺だぞ。それを、一人で土星くんだりまですっとんでゆくだなんて勝手に決めやがって』

『とりあえずこれしかチケットがとれなかった。それに、あんたは水沢さん、だ。おに何とかってもんじゃねえ。……いいか、俺は、あんたが水沢さんっていう、多少なりとも縁のある人だと思ってるから、こうして、行動をともにしたり何だりしてるんだ。おに何とかって訳の判んねえもんだったら、どんなささいなことだって、あんたを頼ったりあてにしたりなんかしない』

『おに何とかって……お兄さんって単語を、そんな変な処で切るなよな……まったく……』

所長、口の中で、なおもしばらくの間ぶつぶつこんなことを言っていたのだけれど、太一郎さんの最後の言葉に気がつくと、ふいに気をとりなおして。

『おい、じゃ、俺が水沢さんなら、おまえ何か俺に頼ることがあるのか』

『ああ。とりあえず何はさておき行動起こすのがこの場合大事だと思ったから、まずチケットの手配をしたけど……考えてみればこの事件の背景、まったく何も判ってないんだよな。ソガ親子ってのが何者かも、一体そいつらに何が起こったのかも。俺も、あの月村って女も、宇宙船に乗って移動中は、いくら何でも背景なんざとても調べてらんないだろう。そこを、何とか、少しでも調べといてもらいたい』

『ふーむ。そりゃ、考えようによっては、相当重要な件だもんな。ということは、俺は相当、太一郎に頼られている訳だ』

と、これで所長、何だかまんざらでもないって表情になって、にやにや笑ってみたりするから……えーん、所長がそんなことするから、あたくし、訳の判んない嫉妬心なんて持つことになっちゃうんじゃないよお。

『ああそうだよ、俺は相当水沢さんのことを頼ってんだよ。……じゃ、俺、船の時間があるからそろそろ行くわ』

　で、一方太一郎さんの方は、所長が相好をくずすのを見ると、あからさまにうんざりって顔になっちゃって、ポケットをごそごそやりながら、くるりときびすを返してしまい——何だかこういう様を見せられると、〃あたくしの〃所長が、まるで太一郎さんに片思いでもしてるみたいで、口惜しくなってきてしまう。

　ところが。あたくし達からくるりときびすを返してドアの処まで行きかけた太一郎さん、何故かリビングのドアの手前でとまり、もう一回きびすを返してこちらへやってくると、みるみるまっ赤になりながら。

『……その……悪い……水沢さん……誠に言いにくいのだが……更に頼らせていただきたい……』

　一体何事なんだろうってぼけっと見ていると、所長、胸ポケットから革の財布をとりだして、それをぽんっと太一郎さんに渡してしまった。

『ほいよ』

『……すまん。必ず返す』

『いいよ。それよか太一郎、かっこつけるのもいいけどさ、人に金を貸す時はせめて数えてから貸すべきだよな』

　……所長はくすくす笑いながらこんなこと言ったんだけど……これって、財布を丸ごと渡す人の言える台詞《せりふ》なんだろうか……？　そしてそれから、所長、ふと気がついたように表情をあらためて。

『おまえ、先刻《さっき》、真樹ちゃんと言いあらそった時、十一時の船については、〝まず〟、チケットが一枚しかとれなかったってこと、言ったよな』

『ああ』

『じゃ、〝まず〟、の次に来るのは何だ？　そういう言い方をする以上、他にも理由はあるんだろう？』

『……午前四時の船は、殆ど最低のチケットだけど、十一時の奴は完全に最低の奴だから、さ』

『だと思った。じゃ、おまえもそのなり、何とかした方がいいんじゃないか？　格好こそ充分だらしないけど、服は相当いいもんだろうが』

『……これ以下のしたてのスーツを着るなんざ、俺の美意識が許さない……』

『じゃ、その着こなしは何なんだ』

『俺の美意識だ』

『…………』

したてのいいスリーピースの、ワイシャツのボタン上二つはずして、ベストのボタン全部はずして、ネクタイはしめるというよりぶらさげて、ついでに尻ポケットにむきだしのまま現金をつっこんどく……太一郎さんの美意識って、一体何がどんな風になっているんだろう？

あたくしがそんなことをぼけっと思っている間に、太一郎さんは出ていってしまい、所長はあちこちに電話をかけ続け、真樹子さんが帰って来、私は真樹子さんと子供の為《ため》の荷作りを手伝い（そういえば太一郎さん、泊まりがけで船に乗るっていうのに身一つで行っちゃったわよっ。着がえをしないっていうのもあの人の美意識なんだろうか……？）、まだ眠っている子供をできるだけ起こさないように宙港まで送ってゆき、その間所長は走りまわって真樹子さんのパスポートを偽造し（真樹子さんのパスポートが特別なものだってことは判っていたけれど、一応念の為、真樹子さんが〝月村正子《しょうこ》ちゃん〟っていう子供を連れてるってものにしたのである）、真樹子さんと子供が、無事ゲートの中に消えるのを見届け——、そして、今、あたくし達は、また再び宙港にいる訳なのである。

「……いや。太一郎のことは、まだいい——っていうより、しかたなかったこととして……俺も悪かった。いや、俺が悪かった。すまん」

で、さて。

太一郎さんが行ってしまって、真樹子さんも子供も行ってしまって、午前四時半すぎだなんていう、すっとんきょうな時間に宙港で一息つくと、所長、やっと〝あること〟に気がついたらしく、ふいに、こう、謝りだしたのだ。

「いーえってば。いいんです、誰が悪い訳でもないいし」

「……ま……確かに太一郎が悪いって訳じゃないんだが……だが、太一郎はあまりにも気がきかなかった。今日が俺達兄弟の運命の再会の日だってことを思えば、麻ちゃんがどんな心づくしを考えててくれるか、気をきかせてもよかった筈《はず》だ」

いいんです。

今度はあたくし、この台詞を口にしない。

というのは——あらためて、こうして、所長の口から言われてみると、自分の考えていた心づくしのことがふつふつと思い出されて……こうなると、もう駄目。理性でおさえこんでいた怒りが、たぎるようにしてわき出してきてしまう。

そうよっ！　あの……あの……（えーい、口にして言ったら所長が怒るかも知れないけど、こうして心の中にその単語をうかべるだけなら、所長も気づかないいし、いいや、思っちゃえ）、あの、莫迦太一郎！　あんたには、あんたには、デリカシーってもんがひとっかけもないのかあっ!!

そうよ。今日は、所長とあの莫迦太一郎の運命の再会の日の筈で（もっとも、公平に言えば、どうやらそう思っていたのは所長だけみたいだけどさ）、あたくしにしてみれば、将来の義理の弟と初めて会う、記念すべき日だったのだ。おまけに、その将来の義理の弟は、家出して以来宇宙をさまよい歩いていた人で、おそらくは家庭ってものに飢えているんじゃないかと、あたくしとしては思っていた訳。

で。そこで。いろいろと考えたのよ。あの……太一郎、さん、に、喜んでもらおうと思って。

(……二回、あの単語を心の中で繰り返したら、ちょっと落ち着いた。で……落ち着いて考えてみたら、あの単語はちょっと過激かなって思ってしまって……。だって、そうよね、太一郎、さん、は、単にちょっとデリカシーがないってだけで、別に悪いことをしたって訳じゃないんですもの、そんな彼をののしるのは不当だわ。)

だから。

兄弟が会った、最初の食事は、たとえどんなにおいしいって評判の店でもどこか味気ない外食はやめて、所長のマンションでの家庭料理を予定してたの。それも、なるべくおふくろの味ってものにしようと思って、典型的な日本の食事、白いほかほか御飯におみそ汁、手製のおつけものにおなじく手製ののりの佃煮《つくだに》、煮魚に野菜の煮物、所長のお母様が得意だったっていう里いもの煮っころがしとなすの鴫焼《しぎや》き、極上のたらこと極上の生ウニなんかを予定してて……宙港に太一郎さんをむかえに行った時には、すでにひととおりの下ごしらえは終わっていたし、生ウニなんて、生ウニなんて、いくら地球の日本系移民が多い、この火星のリトル・トウキョウでも、滅多にあるものじゃないんだから、わざわざ注文して地球からとりよせたのよおっ！なのに。太一郎さんったら、御飯を食べるはおろか、御飯の〝ご〟の字も出ないうちに、また、土星へなんて行っちゃった。

それに。

太一郎さんが泊まる筈だった部屋だって、いろいろ考えてととのえたの。根なし草みたいな生活をしていたであろう太一郎さんに、多少なりともノスタルジーってものを感じさせてあげようと思って、リトル・トウキョウ中走りまわって、畳をレンタルしてくれるお店をみつけ、フローリングの床を一時的に畳のある和室にしたの。座布団をレンタルしてくれるお店は、あいにくどうしてもみつからなかったので、座布団なんて、わざわざ作ったのよ。

なのに。なのに、太一郎さんったら、その部屋に一歩も足をふみいれなかった。

それから。

いくら兄弟でも、そういうものを共用するのは嫌だろうって、太一郎さん用のハブラシを買って、フェイス・タオルを買って、くしを買って、ひげそり用のカミソリを買って、それから、枕カバーと、布団カバーと、シーツを新しいものにして……。

なのに。なのに、なのに、太一郎さんったら……。

「すまん」

あたくしが黙りこんでしまうと、何をどう思ったのか、所長、再びこう言い、それからそれだけでは足りないと思ったのか、深々と、一回、頭を下げた。

「太一郎をむかえる為に、麻ちゃんがいろいろ奔走してくれたことは、誰よりこの俺がよく知っている。なのに太一郎ったら、そういう麻ちゃんの気づかいにまったく気づかず……いや、気がつかないも何もない、肝心のもてなしがはじまる前に出ていっちまって……その……すまん」

「…………」

「太一郎に多少のデリカシーってもんがあるんなら、せめて夕飯でも一緒に食べようか、くらいのことは言えたんだろうが……俺にしてみればあいつは弟だから、多少の無礼もデリカシーのなさも我慢できるんだが、麻ちゃんにしてみれば……」

「…………」

……今、あたくしが黙りこんでいるのは、先刻まではちょっと事情が違う。今、あたくしが黙りこんでいるのは、先刻までとはまったく違った怒りが心の中にふつふつとわいてきたからで……。

「すまん」

「……やだ、所長、謝らないで下さい」

しばらく、心の中でその怒りと格闘したあと、あたくし、何とか笑顔を作ると明るい声を出した。

「謝るようなことじゃないんですから。お嬢さんとお孫さんが行方不明になって、おそらくはいてもたってもいられない気持ちになっているであろう、ソガさん達のことを考えれば、太一郎さんのとった行動って正しいんですもの。一刻も早く、あのショウコちゃんは、おじいさんとおばあさんの許《もと》へ帰してあげるべきですもの」

そうよ。謝るようなことじゃないのよ。いくら兄弟だからって、何も太一郎さんのことで所長が謝らなくったっていいじゃない。太一郎さんのことで、所長に謝られてしまうと、何か立つ瀬がないじゃない。謝られれば謝られる程、腹がたってきちゃうじゃない。ああ、たとえ初対面に近くても、太一郎さんは所長の身内で、あたくしはたとえ恋人でも他人なんだなって、ひしひし思い知ってしまうじゃないの。

「……そうか。そう言ってもらえると、太一郎も感謝すると思うな」

……だーかーらー。こういう時にまで、太一郎さんをひきあいに出さなくったって、いいじゃない。

でも。何とかそういう思いを、心の底に封じこめて。

「そうですよ。それに、畳も座布団もハブラシも、逃げてゆくものじゃないんですから。太一郎さんが土星から帰ってきた処で、あらためて使ってもらえばいいんですもの」

生ウニや煮物は、逃げないかわりに腐ってゆくものだけどね。

今の台詞を言いながら、あたくし、瞬時、そんなことを思ってしまい、それから目一杯反省した。そんなことを思ってしまうだなんて、あたくしって何て嫌な子なんだろって考えて。

それから。

怒ったり、嫉妬したり、反省したり、とにかくマイナスの感情とつきあうことはすっぱりやめようと決心して、一回、軽く頭をふり、しいてあたりを見まわして。

「それより所長、そろそろなんじゃないですか?」

「あ……ああ」

この台詞で忘れていたことを思い出したのか、所長、慌てて腕時計をのぞきこむ。

あたくし達が、真樹子さん達を見送ったあとも、こうしてだらだら宙港に居続けるのには、実はそれなりの訳があるのだ。太一郎さんから頼まれた、ソガさん親子の背景をさぐる一環として、とりあえず所長、今確実に火星にいることが判っている、太一郎さん達の乗ってきた船の乗客係さんに連絡をとったのだ。ま、単なる乗客係さんだもの、知っていることはほとんどないだろうけど――それでも、何だかあの乗客係さん、異様に詮索好きそうじゃない、会っておいて損はないと思う。で、連絡をとった、乗客係さんが指定してきたのが、この早朝の宙港で――。

「で、どんな人なんですか、その乗客係さんって。やっぱり四十すぎくらいの、やせた人なんですか?」

この莫迦早い時間、宙港のこの場所には、他に人はほとんどいない。故に乗客係さんの容貌がまったく判らなくても、おそらくはその人を探すのに支障はないと思えるのだけれど……それでも、大体、どんな人だか、知らないより知っている方がみつけやすいだろう。

「何なんだ麻ちゃん、その四十すぎだのやせただのって特徴は」

「あ……いえ」

で、あたくし、思わず赤くなってしまう。これは完全に偏見なのだけれど、何となくあたくし、男の人で詮索好きなタイプって、ある程度年がいっててやせ型の人だって思っちゃっていたのだ。(肝心の乗客係さんが女性ではなく男性だってことは、電話で話していた所長の口ぶりから判っていた。)

「ま、だが実際、四十すぎでやせ型かも知れないな、その乗客係は。声はずいぶん若々しい——むしろ子供みたいな声だったが。子供みたいな声を出す四十男ってのも、いない訳じゃないし」

「え……じゃ、所長、その乗客係さんの身体的な特徴、何も聞いてないんですか？　それじゃ、どうやって探すんです」

「くすくす笑っちまって、先方が教えてくれなかったんだよ。この早朝の宙港で、おそらくあなたが一番僕じゃないと思う男、それが僕です、なんて言ってね」

「……え……」

……何なんだ、その台詞は。

「それに、こちらのことは向こうがみつけて声をかけてきてくれるそうだ。うちのことは聞いたことがあって、俺の顔も判るんだそうだ」

「え……」

じゃ、その人、あるいはひょっとして、あんまりまともな人じゃないんじゃないですか？

あたくし、あやうくこう言いそうになり、やっとのことで、その台詞をのみこむ。

でも。

所長が――そして、所長の恋人であるあたくしが――こんなことを言うのは何だけど、うちのことを知ってる人っていうのは、つまりその、やっかいごととってても縁のある人だってことになり……同業でも、うちの依頼人でもない以上、その人って、あんまりまっとうではない人だってことにならない?

と。

あたくしが、そんなことを考えた瞬間、ふいにうしろで、誰かがくすくす笑った。

「え?」

で、ふり返ると、あたくしのうしろにいたのは、どう見てもまだ高校生にしか見えない男の子が一人っきりで……どうしたんだろう、何か今、おかしなことでもあったのかしら。それともこの子、はしがころんでもおかしい年頃で、単に思い出し笑いしているだけなのかしら。(けど……はしがころんでもおかしい年頃の男の子って言葉は……あんまり、聞かないわよねえ。)

「すいません、笑うつもりはなかったんですが」

男の子、あたくしと目があうと、まずこう謝ってくれた。それから、まるでちょっとした舞台効果を狙ってでもいるように、一息おいて。

「でも……水沢事務所の人が、自分のとこの業務を知っている男を、それだけを理由にまっとうな奴だって思えないだなんて……これは笑えると思いませんか? 少なくとも僕は、笑えちゃうなあ」

「……え……あ……」

あたくし、いつの間にか一人言の癖《くせ》でもついてて、今、心の中で思ったつもりのこと、全部口に出しちゃったのかしら。それとも……この人って、ひょっとしてエスパー？

「僕には残念ながら超能力はありません。問題は田崎さん、あなたの方です。——ああ、僕はあなたのこと、田崎麻子さんだと思っているんですが、違いますか？——今のは僕、ちょっとカマかけてみただけですよ。なのにそんなにストレートに驚いてくれちゃって……田崎さん、あなた、ポーカーは、やらない方がいいでしょうね」

「え……あ……え……？」

この男の子！　どうして私の名前まで知ってるの？

「四十すぎの、やせ型、ねえ。……ま、やせ型って処だけは、一応、あっちゃいるか」

そして、また。所長は所長で、今のこの男の子の発言なんかまったく気にしていない、何も驚くようなことは起こらなかったって風情で、ゆっくりと男の子の頭のてっぺんからつま先まで視線を走らせ……え？　ええ!?

四十すぎの、やせ型。それって、先刻まで話してた太一郎さん達が乗っていた船の乗客係さんのことで……なら、この人が、どうしても高校生以上には見えないこの男の子が、そうなんだろうか？　ま、確かにこの子なら、その乗客係さんの言ったっていう、〝一番僕じゃないと思う男、それが僕です〃って条件を満たしているとは思うけど。

「ちょっと残念だなあ。水沢さんは、僕が問題の乗客係だってことに全然驚いてくれなかったみたいですね。やっぱり、電話で声聞かせちゃったのがまずかったのかな、今の僕じゃさすがにまだ、四十すぎの貫禄のある声は出せないもんなあ」

と、そんな所長の反応を見て、高校生にしか見えない乗客係さん、少し不満そうな顔になる。

「修行不足だよ」

所長、乗客係さんのこの台詞を聞くと、にやっといかにも人の悪い顔になり。

「人の度肝を抜いたりおどかそうなんぞと思う時は、もうちょっと気配を殺しとくもんだぜ。あんたが俺達のうしろにまわる前――こっちに近づいてくる時からずっと、俺、何か意味ありげな気配させてる奴がやってくるなあ、何か挙動不審だなって思ってたもの。あれじゃまったく人はおどかせんぜ――その……麻ちゃんみたいに純真でいい子をのぞいては、だが」

こういう時の所長って、ほおんと、格好いいと思う。何かちょっと人が悪そうで意地悪そうで――でも、あたくしには、とっても頼りになる人って感じで。

「……そうかあ、気配、ねえ。判りました、覚えておきます」

「あ、いや、いい、覚えとかんで。考えてみれば気配を殺すのがうまい乗客係なんて実に不気味だ」

「いえ、ぜひ覚えておきますよ。何せ、僕にしてみれば船の乗客係はアルバイトの一つで、将来その仕事につくつもりは全然ないし」

「将来？」

この言い方だと……たとえ転職を考えている人でも普通大人は仕事に対してこういう言い方をしないから……とすると、この子、やっぱり。

「ええ、僕、一応まだ高校生なんです。……多少はふけて見えましたか？」

と、こう、けろっとした口調で言われてしまうと。さっきから、おどかされたり、何かちょっと莫迦にされたりもしたような気がするけれど、この子、やっぱり高校生だ。あたくしへのおどかし方とか、所長が驚いてくれないのでちょっと拗《す》ねかけた処なんかに、しっかり子供っぽさが顔を出してる。

「いーえー、見事に年相応に見えます。全然、ふけてなんかは見えないわ」

さっきおどかされたしかえしに、あたくし、少し意地悪して、おそらくは年より上に見られたがっているのであろう男の子にこう言ってみる。すると、案の定、男の子、一瞬むっとした顔になりかかり、それでも次の瞬間、再び笑顔を顔にはりつけ、まっすぐ所長に右手をさしだす。

「とにかく、はじめまして、水沢さん。お目にかかれて嬉しいなあ。……僕、基本的に、将来の仕事は、私立探偵が志望なんです」

「ああ……はじめまして」

この台詞を聞くと、所長、軽く〝うっ〟って表情になり、それでもアポイントメントをとったのはこっちだから、仕方がなしに右手を出す。（……この所長の表情の意味は、あたくしにも、よく判る。ううん、あたくしの方が、よく判る。世の中にはある程度の数、探偵ってものにあこがれる男の子が常にいるみたいで……うちの事務所にも、時々〝僕らは少年探偵団〟ってノリの志願者がおしかけてきちゃうことがあるのだ。ただ、高校生になってまで探偵志望って人は、めずらしいけどね。普通、高校生くらいになると、現実には小説のようなわくわくする事件は滅多に起こらず、名探偵なんて人種は小説の中にしか存在しないって判ってくるものだけど。）

「ああ、やだな、そんな露骨にうんざりって顔をしないで下さい。僕、何も、あなたの事務所でやとって下さいだなんて莫迦なこと、言いませんから」

「ああ……失礼」

所長、思わずうんざりって表情になってしまったこととその理由を、思いもかけずあちらから指摘されてしまったので、慌ててちょっと表情をひきしめ、所長の方から相手の右手をとろうとする。と、今度は何故か、その男の子の方で、軽く右手をひっこめかけて。

「大体この年とこの顔じゃあね、どれだけ経験だの使えるコネだのがあったって、子供にしか見てもらえないって判ってますし。だから、今は僕の名前だけ覚えておいて下さい。そのうち、僕が大人になった時――僕にその気がなくっても、あなたの方で僕という人材を欲しがることになると思います」

「え……あ……」

……こ……これは。ひょっとしてひょっとすると、この男の子、今までの中で一番たちの悪い、少年探偵団志望員かも知れない。

「中谷広明《なかたにひろあき》といいます。名前、覚えといて下さいね」

所長とあたくしが余りのことに、思わず呆然《ぼうぜん》としていると、中谷君、まず所長の手をつかんで無理矢理握手し、それから同じことをあたくしにもした……。

☆

「先に、おそらく僕に聞きたいと水沢さんが思っていることをお知らせしますね、その方が時間の節約になるでしょうから。……はい、田崎さん」

中谷君、さすが若いだけにきびきびと、宙港のロビーの端にある、コーヒーの自動販売機とソファの処まであたくし達を連れてゆき、何も聞かずに自動販売機にむかい、あたくしにあたたかいミルク・ティを持ってきてくれた。

「あ、あら……どうもありがとう」

「いえ、お代は水沢さんに請求します」

「あ……そうですか」

「えーと、まず、蘇我《そが》亮子《りょうこ》と祥子《しょうこ》の出身地、現住所がこれです。コロニー・ネプチューンNO6。僕の勤務していた宇宙船の航路だと、土星ステーションの三つ前のスペース・コロニーになります。亮子と祥子はこういう字」

中谷君、てきぱきとポケットからメモをとりだし、この時点でやっとあたくし達、ソガ・リョウコさんとショウコちゃんがどういう字を書くのか判った。

「亮子、二十八歳。祥子は一歳十一ヵ月ですね。戸籍上、祥子は亮子の婚外子となっています。祥子を認知している男は、今の処いません」

「え……ちょっと……」

「住民票によれば、亮子は生まれてから今までずっと、両親である蘇我顕《あきら》・由美子《ゆみこ》夫婦と同居しています。祥子も同じく。……もっとも、引っ越す時住民票を動かさない人も多いですし、星間移動さえしなきゃそれで別に問題は起こりませんから、本当に亮子・祥子親子が亮子の両親と同居していたかどうかは判りませんけどね」

「ちょっと、おい待て、ちょっと」

「顕・由美子夫妻が亮子と祥子の捜索願を出したのがこの日——僕が勤務していた船がコロニー・ネプチューンNO6に寄港した二日後です。届けによれば、行方不明になった日時は、船がコロニーに着いたちょうどその日。両親には心あたりがまったくなく、途方に暮れているそうです。亮子と祥子の写真等のコピーは——届けには添付されてるんでしょうが、あいにく入手はできませんでした。それに僕の方も、人数におかしな点があるってことは、火星で最後のお客さんがおりるまで気づきませんでしたから、亮子、祥子の顔等は覚えていません」

「待てっ、待てったらおい、中谷、おまえそりゃ何かの悪質な冗談か？」

「いいえ、全部、本当です。……必ずそう言われるのが判ってたから、とりあえず、判ったことで水沢さんの役にたちそうなこと全部、早口で教えてあげたつもりなんですけどね」

「だっておい、そりゃ、無茶だ。今の話から判断すると、おまえ、その蘇我さんって人の、戸籍から住民票からおまけに捜索願まで、全部チェックしたってことになるぞ」

「はい」

「どうやってだ!? 仕事柄、各星の出入国管理官とおまえが知りあいで、出入国管理ゲートを抜けた人の氏名をチェックするくらいは、確かにできない相談じゃないだろう。だが、戸籍だの住民票だの、ましてや捜索願とは何事だ！ そりゃおまえ、民間人が勝手に見られるものじゃないんだぞ」

「ええ、だから僕、見てません」

「……そうか……そりゃ、そうだ、一々《いちいち》見てまわった訳はない。時間がかかりすぎる。とすると……見た訳じゃなくて、調べた訳だ。ハッカーまがいのことをやってか——いや、まがいじゃないな、俺が今思ったようなことをやったんなら、完全にハッカーだ——、あっちこっちのお役所だの何だのに、おまえに情報をもらしてくれる奴か何かを作っといて」

「……方法については、あまり詳しくお答えしないことにします。いわゆる、ニュース・ソースは秘密って奴です。……あ、いいな、この言葉も一回使ってみたかったんだ」

「あーのーなー」

何だか上機嫌になってきた中谷君に比べ、所長もあたくしも、何だか段々頭が痛くなってきた。だってこれって、本人はまだ子供で、罪の意識がないのかも知れないけど。

「立派な違法行為だぞ。犯罪だぞ、それ」

そうなのである。けど、当の中谷君、けろっとして。

「犯罪、はやめてくださいよお。せめて、非合法って言って下さい」

「どこが違うんだ」

「犯罪、は罪を犯すことだけど、非合法は法にあってないってことです。それに、純粋に法律を守っているか否かってことを問題にするんなら、水沢さんのとこもあんまり大きなこと、言えないんじゃないですか?」

……ぐっ。それは確かにそうなのだ。

「それに、変な言い方ですけど、僕、単に趣味で腑《ふ》におちないことがあるとやたら調べまわるだけで、それ、絶対悪用してませんもの。現に、自分が調べたことで、多少でも人のプライバシーにかかわること、他人に言ったの、これが初めてです」

「じゃ、これがおまえさんの堕落のはじめ、だな。俺が私立探偵みたいな商売してるからってそんなことぺらぺらしゃべりやがって……もし、俺が、おまえさんから聞いたことをネタにして、将来、蘇我さん達をゆすりでもしたらどうするんだ」

ぷっ。

と、次の瞬間、中谷君、思わずって感じでふきだしてしまう。この感じ……何か、嫌だな、この雰囲気。何か、つい最近、これと極めて似たことがなかった？　大人の目から見るととんでもないことしてしまった年下の人を、反省させるつもりで所長がおどしつけ、なのにおどされた当の本人は、怖がるでもふるえあがるでもなくふきだしちゃうっていうの。

「何か僕の言った情報の中にゆすりのネタになりそうなものってありましたっけ。それに、僕の言ったこと、全部、別に僕が教えなくても水沢さんなら調べられることの筈ですよね。僕はただ、水沢さんの時間を節約してあげただけです」

「……そりゃそうなんだが……」

「それに、僕も見くびられたものですね。別に僕、私立探偵にあこがれてた処へ本物の私立探偵から声かけられちゃって、それで舞いあがって調べたことをほいほいしゃべりまくっちゃったって訳じゃありません。僕なりにあなたって人を見て、あなたなら信頼できる、あなたなら、それこそ情報の悪用なんかしないって見極めたから、あなたにいろいろお話ししたんです」

「……それが、甘い。どうして初対面でそこまで俺のことを信頼できるんだ。そうやってほいほい人を信頼してると、いつの日か必ず大怪我《おおけが》することになるんだ」

「変な人だなあ……田崎さんにしろ水沢さんにしろ、そちらの事務所の人達って、ちょっとみんなマゾヒスティックなんじゃないですかあ？　そちらの事務所のことを知っているってだけで怪しい人扱いだし、あなたのことを信頼できるって言ったら、〝それが甘い〟だなんて」

中谷君、こう言うとぽりぽりと頭をかく。こういう風な言われ方をしてしまうと……確かに、ちょっと、そうかも知れない。

「それに、もうちょっと内実をあかしちゃうと、水沢さん、僕はあなたのこと、あなたが思っているのよりずっとよく知っているんですよ。今までのあなたの仕事ぶりとか、あなたの過去の依頼人のあなたに対する評価とか、そういうものも、知ってますし。それらをふまえてあなたのこと、信頼できる人だって思ったんです」

「え……おい、ちょっと待て」

「あなた、それ、本当？」

今度の台詞は。さすがにちょっと聞き流せるものではなかったので、所長とあたくし、思わず同時に反問してしまう。

というのは。

今まで中谷君が口にしていた〝情報〟なるものは、別にたいして重要なものでもないし、それなりのコンピュータ・マニアなら、高校生でも入手できるものだと思うの。

けど。うちの事務所の情報だけは、たとえどんなコンピュータ・マニアでも、あるいは天才科学者でも、絶対、コンピュータからひきだせる筈がないのである。だって、基本的に業務記録に使っているコンピュータ、スタンドアローンなんだもの。（まあ……所長が、機密保持には凄《すご》く神経を遣っているってことなんだけれど。驚くべきことに、依頼人への報告は、基本的に口頭なんだもん。依頼人に情報を渡す必要がある時なんかは、スタンドアローンのコンピュータに、有線で繋《つな》がっているプリンターで印刷、それを手で渡しているの。ここの処だけは、まるっきり二十世紀のオフィスなんだから。）

すると。ということは。

もし、中谷君が今言ったように、うちの過去の業績だの依頼人だのについて知っているとしたら……その場合、中谷君って、単なる一流のハッカーじゃないってことになる。各界のそれも結構上の人の間である程度の人脈を持ってる人だってことになり……ちょっとお、どうして？　どうして高校生にそんなことができるの!?

「……えーと」

と、中谷君、今度は何だか少し照れたみたいで、まだひげと産毛《うぶげ》の区別がよくつかない、あごのあたりをぽりぽりとかく。

「本当です、田崎さん。……あの、先刻、言ったでしょう？　僕にどれだけ経験と使えるコネがあったとしても、この年でこの顔じゃ、どうしても子供にしか見てもらえない、だから、今、すぐに探偵の仕事につく気はないって。……実際、僕のことを、高校生のガキだとは、あんまり思わない方がいいと思います。経験と使えるコネ、そして今まで築きあげてきた人脈は、多分、田崎さん、あなたより上だと思うし。……コネと人脈は、水沢さん、あなたより上かも知れないな」

「……かも知れないな」

と。驚いたことに、普段だったら絶対こんな生意気な台詞に対して、皮肉だのいやみだのを一ダースくらい言う筈の所長が、何故か素直に中谷君の台詞にこうあいづちをうって、おまけに、一回、軽くうなずいてみせたのだ。そしてそれから。

「すわれよ、麻ちゃん」

……言われるまであたくし、今の中谷君の台詞に驚いて、思わず立ちあがってしまっていたことにすら気づいていなかった。

「中谷広明、君、って言ったっけか。なかなかうまい売りこみ方だな」

所長、こう言うと胸ポケットから煙草をとりだし、火をつけるでもなくそれをもてあそぶ。

「いやあ、別に売りこんでるって訳じゃないんですけれど……僕の名前をしっかり水沢さんに覚えておいてもらうには、こうやって僕個人に興味を持ってもらうのが、一番てっとり早いんじゃないかと思って」

中谷君はこう言うと、思いっきりにこにことした顔になり、サービスのつもりか、ポケットからライターをとりだすと所長の煙草に近づける。

「こら。高校生がライター持ち歩くんじゃねえ。……んで？」

「え……でって……」

「こっちとしても、君の年でどうやってある程度の人脈だの情報網だのを作ることができたのか、興味がないって言えば、嘘になる。そっちが俺に売りこみたいのもそのことだろ。だから、んで？　何か言いたいことがあるんなら話せよ」

「えーと、その……」

……所長って、時々、凄く意地悪。こんな聞かれ方したら、人によっては、萎縮しちゃって、言いたいことの半分も言えなくなっちゃうだろう。けど、所長がこういう意地の悪い口のきき方をする時は、実は結構、相手のことをかっている時だって知っているので、あたくしもわざと助け船を出してあげない。

「えーと、ですね……いいや、まず、結論から言っちまお。俺――いや、僕、基本的には情報屋になりたいんです」

「新聞記者かＴＶ屋さんか、その類のものになれば？」

「マスコミが流す情報って、基本的には〝誰でも知ってる〟情報、〝誰もが知りたがる〟情報、〝知ってることが役に立つ〟情報でしょう？　僕はその……自分で言うのも何ですが、かなり性格が悪い方なもんで、どっちかっていうと、〝誰も知らない〟情報、〝知りたがってる奴なんかいない〃情報、〃何の役に立つんだか思いもつかない〃情報の方が好きなんです。……もっとも、そんなもんで食ってけるとは思えないんで、親や教師なんかには、新聞記者が第一志望で、その為に経験をつむべく、アルバイトしてるって言ってますけどね」

中谷君、こう言うと、今は目の前にいない、御両親のことだの先生方のことだのを思いだしたのか、軽く肩をすくめてみせる。

「ま、それで……今でも僕はまだガキですけれど、もっとずっとガキの頃から、いろいろアルバイトに精を出してきました。小学生の頃はね、それこそ先刻水沢さんが言ったみたいに、あっちこっちのコンピュータにハッキングしては、役にも立たない情報を集めるのが趣味でしたけど、中学生くらいになるとね、本当に味のある情報、おもしろい情報を得る為には、人間とつきあった方がいいってことが判ってきたんです。で、中学時代からあっちこっちにバイトに出かけちゃ、人脈って奴を作っていって……。

たとえば、政財界の大物なんて、一般庶民がどうがんばっても、親しくなれる機会なんてなさそうでしょう？　それが、一介の中学生には、意外と簡単だったりするんです。ベビー・シッターやったり、その家の子供の家庭教師やったりすればね。大物って呼ばれてる人は、大抵人を見る目がありますから、僕が異常な程に早熟な子供だって判ると、友達とまではいかなくても、それなりのつきあいをしてくれるんですよ」

「え……中学生の頃からバイトって……じゃ、中谷君、あなた学校は」

「その気になれば、僕、もう大学院出てます。中学入学時にはすでに、高校入学資格を持ってましたし、中学三年の時には、大学の特待生の資格を持ってました。普通だと、こういう場合、スキップして十五くらいで大学にはいっちゃうんですけれど、僕、スキップはやめて、一応ちゃんと年相応の学年に所属することにして……かわりに、ずっと、バイトをしてた訳です。今までに、僕の経験してきた職業って、三十を超えますし、僕の作ってきた人脈も、自分で言うのは何ですけれど、かなりなものです。そんでもって、この先、あと数年——適当に大学へ行き、単位をとりつつこの人脈をひろげてゆけば……僕、そう遠くない未来、水沢さんがぜひとも、喉から手が出る程欲しい、役に立つ人材に育っている筈です」

「……成程《なるほど》ね。要するに、君は今、かなり気の早い就職活動をしている訳だな」

「いえ、違います。これも人脈作りの一環です」

中谷君、こう言うと、先刻までのあけっぴろげでいかにも子供っぽかったにこにこ笑いをちょっと変え、同じくにこにこ笑ってはいるんだけれど、どことなく人の悪そうな、ちょうど所長が皮肉の一つでも言う時のような笑顔になる。

「今までの会話で、水沢さん、僕のことをしっかり覚えてくれたでしょう？　おまけに、おそらくは、僕がこの先どういう大人に育ってゆくのか、興味を持ってくれたんじゃないかな」

「ああ……まあ、な」

「それで、今んとこ、僕はいいんです。一応自分のことも売りこめたし、これで水沢さんと多少の縁もできた訳だし……多少の縁ができた以上、将来、何かで僕に水沢さんの助力が必要になった場合、きっと水沢さん、力になってくれると思うし」

「お……おまえ、なあ……」

所長、一言こううめくと、思わず口をあけてしまう。あたくしも、一緒。人脈作りの一環って……中谷君、今までずっと、こんな荒っぽいやり方で本当に人脈なんて作れたんだろうか……。

「……おまえ、ね、人に嫌われるぞ、そういう口のきき方してると」

……でも。案外、この荒っぽいやり方で、確かにある程度の人脈、作れたのかも知れない。現に所長ったら、声音こそは憎々しげだけれど、あきらかに、中谷君のこと、心配して今の台詞言ったもの。

「大体のとこ、大丈夫だと思います。一応、他人に対するアプローチのしかたは、人を見て変えてますから。こういう口のきき方を嫌う人には、もっとしおらし気なアプローチしてます」

「俺は嫌いだね、おまえみたいなガキなんか。俺に対するアプローチは、なら、失敗した訳か」

「いいえ。水沢さん、口で言う程には僕のこと嫌っていませんよ」

所長が、半ば意地になって言った台詞に、中谷君、やけに自信たっぷりの様子でこう言い返す。

「嫌いだね。誰が何と言おうと、大嫌いだ、おまえみたいに生意気なガキ」

……でも……確かに。所長が意地になってこう言いつのれば言いつのる程、はたで見ているあたくしの目には、中谷君の台詞の方が正しいんじゃないかって思えてきてしまい……。

「えーと、僕、次の定期連絡船の業務につくまで、半月程、バイト休みなんです。その間ずっと、火星の自宅にいますから、何か僕に御用がおありの時は、お電話下さい」

中谷君は、まだ口の中で、『俺は生意気なガキは嫌いなんだあ』って言ってる所長に、こう言うと、一枚の名刺を渡してよこす。

「お急ぎで何かを調べる時には、案外、僕に聞くのが一番早いかも知れませんよ。まだ本営業している訳ではないので、お代なんかはいりません」

「だーれーがー、おまえなんかに」

でも、こう言いながらも所長、名刺をポケットにしまいこんじゃって……これじゃ、みるからに所長の台詞、説得力ない。

「あ、明日の午後三時くらいまでは、僕、家にいません。一応、学校、行ってますから。バイトでもろに休んじゃったんで、中間テストの追試なんです」

中間テストの追試なんです。

その言葉で、またまた毒気を抜かれ、思わず黙りこんでしまった所長に、中谷君、軽く一礼して。

「それじゃ、失礼します」

PART VI 転回点――事件も、そして、所長も

その、次の日。(あれ？　いつから見て、次の日だろう？　何か、余りにも事態があわただしくてばたばたしているから、あたくしにも、日づけの概念がよく判《わか》らなくなっちゃった。えーと、要するに今日は、宙港で中谷君に会った次の日で、真樹子さんと祥子ちゃんが火星をたった次の日で、太一郎さんが火星をたった二日後で、太一郎さんとあたくし達が初めて会った二日後である。あれから二日しかたっていないだなんて……公平に言って、これは太一郎さんのせいではないと思うんだけど、でも、太一郎さんて何てあわただしい人なのっ！)

いつものように、朝の八時半、事務所に出勤した処《ところ》、実にめずらしいことに、事務所の鍵はすでにあいており、我が事務所の最年長所員、熊さんこと熊谷さんがすでに来ていた。

(あ。うちの事務所は、一応、午前九時はじまりなのである。ただ、所長が、遅刻エトセトラ

をまったく気にする人柄ではない為《ため》、普段だったら、午前中に全員が出勤すれば、まあいい方。そんな事務所なのに、あたくしがあくまで始業三十分前にやってきちゃうのは……これは、趣味ですね。あたくし、一応決められた時間に一分でも遅れるくらいなら、いっそ、一時間くらい前からその場所にいる方が落ち着くっていう性格をしているの。）

「あら、熊さん、おはようございます。今日は早いんですね……って……あれ？」

あれ？

熊さんの格好、今日は何だかとても変だった。目は血走って、顔にはあぶらがういており……何か、まるで、一晩徹夜でもしたあとみたい。

「おはよう、麻子さん」

熊さんはこう言うとにっこり笑い、それから、ちょっと、おずおずと。

「あの……その様子だと、昨日のことは、何でもないんだね？」

「は？　昨日のことって……」

「おや。じゃ、カン違いか。あ、いや、なら、いいんだ。何でもない」

「え？　あの？」

「いや、昨日は休みだったのか。ついうっかりしちまって」

「え……休みって……あああっ！」

あああっ！

昨日！

考えてみれば、昨日は月曜、ウィークデイだったわっ！　朝五時頃なんていうろくでもない時間に、疲れきって（それも主に精神的に）宙港をあとにした所長とあたくし、何となくそのままお互いの家へ帰り、あたくしの場合、何となく夜まで眠っちゃったんだけれど、考えてみれば昨日は月曜、事務所が開業している日だったんだ。で、当然、熊さんは、昨日、事務所に出勤し、いつまでたっても所長もあたくしも出てはこず、その上連絡もまったくなくて……おそらくは、心配の余り、事務所で徹夜、しちゃったんだ！（うちの事務所は、仕事の性格上、外で何かやっているひとには、留守番組からは積極的に連絡しないっていう不文律のようなものがある。やっかいごとの最中にいる可能性があるから。）

「すみませんっ！　すみません、ごめんなさいっ！」

家族持ちで、その上我が事務所最年長の熊さんに、まったく意味もなく心配かけて、その上徹夜までさせてしまった。

そう思うと、ただただひたすら申し訳なく、ただただひたすら恐縮して。

「ごめんなさい、すみません、すみません、ごめんなさい！」

他の台詞《せりふ》なんて、ここ当分、言えそうにない！

でも。

「いやいや、いいんだよ。これといった問題が起こったって訳じゃないことさえ判れば、それでいいんだ」

熊さんって、こういう時、決して文句も言わなければ、事情をまったく追及しようとさえしない、とんでもなくお人よしな人柄をしてて……だから、余計、申し訳ないの。

「すみません、ごめんなさい、ごめんなさい、すみません」

「……ふぁーあ」

と。熊さん、一回、大きくあくびをした。そして。

「申し訳ないけどね、麻子さん。何か問題がある訳じゃないって判ったら、何だか急に眠くなってきてしまった。もし、今日、特にこれといった仕事がないなら、帰って昼寝していいかな」

「あ、はい、どうぞ。すみません、どうぞ」

熊さんは、確かに、そりゃ、眠たかったのだろう。でも、それ以上に。

熊さん、きっと、何が何だか判らないなりに、今問題になっていることは、所長かあたくしのプライバシーに関することだって想像をつけて……で、わざとらしく、あくびで話を打ち切ってくれたのだ。これ以上あたくしが謝らなくて済むように——それに、何より、こっちが事情を説明しださなくて済むように。

勿論《もちろん》、こっちから相談をもちかければ別だけど、相談をされない限りは極力他人のプライバシーにくちばしをつっこまない、親切のおし売りを絶対しないっていうのは、あたくしはおろか所長でもまだ真似のできない、熊さんの大人の優しさで（所長やあたくしなら、こういう場合、『何があったの、どうしたの』って、親身になってその人の話を聞いちゃうのよね。これも勿論、ある種の優しさだとは思うんだけど……でも、『相談事があるなら、いつでも、来なさい。でも、こっちからは決して、〝どうしたの〟とは聞かないよ。場合によってはそう聞かれることがすでに苦痛の可能性もあるからね』って、無言で言ってる、熊さんの優しさって……やっぱり、所長やあたくしのそれよりは、一まわりは上だと思っちゃう)、いつかはあたくしもああいう中年になりたくて……。

あたくしが。

所長も好きだけど、この仕事も好きで、何よりうちの事務所に限りない愛情を覚えてしまうのは。

結局、ほとほと、うちの事務所の人達、その人間関係が好きなんだと思う。

ほれているのは所長だけど、恋した相手は所長だけど、それと同程度、あるいはそれ以上に――あたくし、所長のまわりの人達と、所長をとり囲む雰囲気のこと、愛してるんだろうなあ……。

★

お湯をわかして、お茶いれて、昨日から今朝にかけて熊さんが使ったのであろう湯呑みを洗って、出前のすしおけも洗って廊下に出して。軽く事務所のそうじをし、ちょっと考えてからトイレのタオルを替えることにし、ついでだからトイレそうじも済ませると。まだ結構早い時間(……とはいえ午前十一時二十二分)だっていうのに、所長が事務所にかけこんできた。

「悪かった!! すまん、熊さん、ついうっかり連絡忘れてたっ!」

ドアをばたんって開けるや否や、所長、まずこう叫び——それから、きょときょと、あたりを見まわして。

「おはよ、麻ちゃん。……あの……熊さん、は?」

「先程お帰りになりました。昼寝、するって」

「あっちゃあ!」

所長、大仰に、両手で自分の頭をかかえて。

「徹夜、してもらっちゃったかあ。うああ、申し訳ない。わああ、悪かったな、どうすりゃいいんだ」

で、あたくし、うちの事務所の(……というより……言わせてもらっちゃうと、この場合、〝あたくしの所長の〟って言った方が正しいかしら、ははは……)、こういう処も、凄《すご》く、好きなの。所員全員がお互いのこと、とてもよく知ってて、『熊さんが昼寝に帰った』っていうだけで徹夜のことまで判ってしまう処とか、『熊さん、怒ってたか?』みたいな莫迦《ばか》なことを、所長が言わない処とか。

で、まあ、あたくしとしましては。

他にすることを思いつけないから（うちの事務所は、ちょうど、かかえている仕事の殆《ほとん》どが一段落ついた処で、めずらしく、経費の計算だの報告書の作成だのっていう、一般事務がない時だったのだ）、所長にお茶をいれてあげて、所長は所長でお茶をのむと少しは落ち着いて……。

「……どっちかから、連絡、あったか？」

で、落ち着くと、所長がまず言った台詞が、これだった。

「え？　どっちかからって……？」

「太一郎か、真樹ちゃんからだ」

「あ……いえ、どちらからも、まだ何も」

……どうしちゃったんだろ、所長ったら。さしもの所長も、太一郎さんのことがからむと、冷静な判断ができなくなっちゃうのかしら。

だって。というのは。冷静に考えれば、どちらからもまだ、連絡がなくて当然なのだ。太一郎さんの乗った船がどういう航路をとっているかは判らないけど、少なくとも、いくら何でも、どちらの船も、まだ絶対、土星についている筈《はず》はない。とすると、二人はまだ飛んでいる宇宙船の中にいる筈で、そういう処から、電話だの何だの、できる訳がないじゃない。（あ。厳密に言えば、飛んでいる船から連絡することは不可能ではない。現代の文明、一応、宇宙船から電話をかけることができる程にはすすんでいる。ただ、問題なのは、技術の有無じゃなくて、普及率。そんな設備までととのっているのは、今の処豪華客船と呼ばれる類の船と、二、三ヵ月前に予約しないととてもじゃないけどチケットのとれない、定期連絡船くらいだもの、〝多少〟あやし気な船に乗った真樹子さんが連絡できないのは当然のことだし、〝とっても〟あやし気な船に乗った太一郎さんから連絡があったら、むしろ、その方が、ずっとおかしい。）

「……そうか……連絡は、なし、かあ」

所長、極めてあたり前である筈の、あたくしのこの報告を聞くと、何故か、ちょっと、さみしそうな顔になる。

「じゃ……当面の処、俺達のできることって、それこそ電話くらいだけかあ」

「あら、どうしてですか？　やることって一杯あると思いますけど。……たとえば、亮子さんって人の過去を洗って、人に拉致される動機になるようなことが何かなかったかって調べるとか、祥子ちゃんの父親の可能性がある人を洗いだす、とか」

「……だからそれを、電話でやることになる訳だ」

「え……どうして、ですか」

今までのとぼしい経験で、あたくしにだって判ってる。その類の調査って、電話やメールでやったんじゃ、ほとんど効果があがらないって。だから所長だって、いつも口癖《くちぐせ》みたいに、『この商売は骨おしみしないでまず行動』って言っているんだし、推理小説なんて読んでみても、刑事さん達みんな足を使って情報集めてる。

だって、そうでしょう。人は誰でも、見知らぬ人に、知人や友人のプライバシーを聞かれたら、そりゃ、当然、警戒心ってものを抱くじゃない。こんなこと知らない人に話しちゃっていいのかしらって思いもするし、いきおい、返事は、あたりさわりのないものになりがち。（あ、唯一の例外は、悪口ね。これだけは、調査対象を嫌っている人に聞いた場合、いくらでも集まってきちゃうんだけど……逆に、根も葉もない、いい加減な誹謗《ひぼう》中傷までぞろぞろ集まりがちな傾向があるから……これはこれで、調査をする時、ややこしいのよ。）

で、そんな時。意外と有効なのが、直接出むくって行為なの。

直接出むいて行って聞けば、普通の人は、たとえ意識はしなくても、『この人わざわざここまで来たんだし……』だの、『せっかく来たのに〝別に何も知りません〟で帰しちゃったら可哀想』なんてことを思ってくれるのね。すると、同じあたりさわりのないことでも、もうちょっとは具体的なエピソードもまじえて、いろいろなことを聞くことができる。人によっては、電話やメールの問いあわせではまず教えてくれないようなことも、話してくれる。それに、こっちだって、単に質問するだけじゃなくて、相手の顔色、表情や仕草を観察できるし、電話だったらすぐに切られてしまうような、失礼な質問だって、することができる。（実際に会っていれば、まさか電話みたいに話の途中でがちゃんって切る訳にはいかないじゃない。結果として、追い出されることになったとしても、追い出されるまでにずいぶんいろいろなことを観察できるし。）

だから。電話での聞きこみなんて、ほとんど効果が期待できない、むしろ場合によってはマイナスになる、絶対やるべきことじゃないっていうのが所長の持論の筈で……それが、どうして？

「俺はね、今んとこ、動けないんだ」

あたくしがこう聞こうとした瞬間、何とも哀し気な顔になると、所長、こう言った。

「え……どうして、です」

「莫迦太一郎が一人でつっ走って行ったから」

「は……？」

適当にあいづちを打ちながら、でも、あたくしが考えていたのは全然本題とは関係のないことだった。本題とは関係のないことってつまり……へーえ、所長でも、太一郎さんのこと、〃莫迦太一郎〃だの〃阿呆《あほ》太一郎〃だの〃デリカシー欠損症〃だの〃あわただし男〃だのって思うことがあるのかあってこと。（……あ……あとのいくつかは……その……所長、言ってないけど、ね。）

「後詰めの部隊は、動いちゃいけないんだ。……太一郎は、ほとんど何のあてもなく、〃思いたったらまず行動〃って具合に飛び出しちまっただろう？　真樹ちゃんも、まあ、そうだ。で……ここで俺までが動いちゃうと、あの二人、お互いにどんな重大な情報をつかんだとしても、それを相互に連絡する術《すべ》がない。情勢がどうなっているのか、何か判明したことがあるのか、問いあわせる場所がなくなっちまう」

「ああ……判りました」

そうか、成程《なるほど》。

あたくし、思わずくすっと笑ってしまいそうになるのを、何とかこらえ、笑いをのみこむ。

だって。所長ったら、いつものあたくしの立場に立たされちゃってるんですもの。

すると。あたくしが不謹慎にも笑いをこらえていると、所長、何故か急に真面目な顔になり、ふいにあたくしの手を掴《つか》む。

「……立たされてみて判る、人の立場、か」

「え？　所長……」

所長——普段だったら、こういうことは、絶対事務所でしないのだ——、こう言うと、つかんだあたくしの手を更にひきよせ、あたくしの手には体がくっついているから、必然的にあたくし、所長の方へともたれかかり……。

「いつも麻ちゃんには心配かけているんだよなあ」

「あの、所長、あの……」

……ここから先は、フェイド・アウト。

人生には、後から見れば判る、大きな別れ目があることがある。とある日を境に、その人の運命が、それまでとは全然違ったものになってしまう、というような。

で。この日、この時は、所長にとって、その〝運命の転回点〟だったのだ。

そして。

所長が運命の転回点をむかえるのと、ほぼ同じ時に、この事件も転回点をむかえ――早い話、様相がまったく変わってしまったのである――。

★

「えーと、まず、亮子さんが親しくしていた人のリストからあたってみましょうか」

ほっぺた。

赤いかな、赤いかな、赤いとやだな、ちょっと自分で自分のほっぺたをひっぱたいてみたいような気もするな、でも、ひっぱたいたせいで余計赤くなっちゃったら、もっと嫌だな。

あれから、しばらくして。（さて、どのくらい〝しばらく〟したんでしょう。それは、絶対、内緒。)

所長とあたくしは、何となくお互いに赤くなって、何となく、所長のデスクのそばに椅子をひっぱってきて座っていた。で——その——こうして黙っていると、何か更に赤くなってしまいそうなので、あたくし、何とか台詞をひっぱりだす。

「確か、五人程度名前をあげてもらったんですよね」

「ああ。五人はあまりにも少なすぎるとは思うけど、あの場合はしょうがなかったよな」

宙港で中谷君と会った後。教えてもらった住所をもとに、所長、思いっきりよそゆきの声で蘇我さん家《ち》に電話をし、『宇宙船の中で祥子ちゃんと思われる子供を保護した』ってこっちに都合のいい処だけ教え(つまり、真樹子さんが誘拐同然に祥子ちゃんを船からおろしたことは隠しといいて)、ついては土星まで祥子ちゃんをむかえに来て欲しい旨、お願いし——その時、蘇我のおじいさまから、さり気なく亮子さんの親しい友達の名前を聞きだしたのだ。

「余程心配だったんだろうなあ、あの夫婦、こっちの素性のことすら気にしなかったもんな。あれじゃゆっくり亮子って女の友人のことなんざ聞けやしない」

で、お互いに分担を決め、電話に手をのばした処で。あたくしがとりあげようとした方のTV電話が、急に鳴った。

「はい、水沢総合事務所です」

あらら。

受話器をあげた瞬間、画面にうつったのは、つい先日会ったばかりの中谷君の顔で……私、何となく、体で画面を隠すようにする。

「あ、どーもこんにちは、田崎さん」

ところが。せっかく人が気をつかってるっていうのに、中谷君の声ったら不必要な程に大きくて……これじゃ、中谷君から電話がかかってきたこと、とても所長に隠せそうにない。

「何だ、あの、中谷って奴から電話か」

で、案の定。中谷君から電話がかかってきたって知った瞬間、それまではとてつもなく上機嫌だった所長、ふいに眉をひそめてしまって。

「で、すいません、水沢さん、いますかあ?」

「えーと……はい。いることはいます。でも、あの、ね、中谷君、所長、確かに内心ではあなたのことちょっとは気にいっているかも知れないけれど、この間の今日だから、今電話なんかしても、あなたの印象、悪くなることはあってもよくなることはないと思うし……特に急ぎの用があるんじゃないのなら、またにしたらどうかしら」

……こんなこと、すぐそばに所長がいるっていうのに、とても大声でなんて話せない。だから、あたくし、できるだけ声をひそめてこう言って――なのに。

「え、何ですかあ、田崎さん。電話、遠いのかなあ、よく聞こえませえん。水沢さんがいるのなら、かわって下さい」

……受話器からもれてきたのは、ほとんど絶叫しているかのような中谷君の声で……当然のことながら、次の瞬間、所長は私に替わって電話の前に陣どっていた。

「……はい、水沢。中谷、おまえな、売りこみだか人脈作りだか知らんが、あんまりしつこくやるなよ。二日も間をおかず、一体全体何の用だって言うんだ」

「やーだーなー、水沢さん。これは売りこみでも人脈作りの一環でもありませんよ。純粋に、用があるから、電話したんです。それも水沢さん、用があるのは僕の方じゃなくて、あなたが僕に用があるんです」

……中谷君の声。受話器がなくったって、不自由がない程よく聞こえる。

「俺には別にお前に用なんてないよ」

「いーえ、あります。あるんです」

……これは、ひょっとして、いやみなんだろうか？　どうして中谷君、こんなにもってまわったような話し方をするんだろう？（……これは、ずいぶんのち、中谷君とのつきあいが結構深まってから判ったことなんだけれど、別に、この時の中谷君、いやみでやたらもってまわったような話し方をしてた訳じゃないみたい。ただ単に、中谷君って……性格的に、機嫌がよければ機嫌がいい程、話し方がもってまわったようなものになる人だったみたい……。）

「なぞなぞやってんじゃねえんだ。俺に用はねえぞ」

「あります。ありますってば、ちょっとは考えてみて下さいよ」

「ないっつったら、ないよ。じゃな」

「あ、あ、あ、切らないで下さい。やだなー、水沢さんって、意外と短気なんですね」

「何か？　おまえの用って、俺の性格を云々することか？　そーゆーのは、用って言わねーんだ。切るぞ」

「待って下さいっ！　待って下さいってば。まさかそんなことが用な訳、ないでしょう？　水沢さん、あなたもう少し、想像力ってものを働かせた方がいいですよ」

「やっぱり俺の性格を云々してんじゃねえか。じゃな」

「待って！　待って下さいよ、もう。あのね、僕の特技が何だったか、ぜひ思い出して下さいよ。情報が、あるんです」

「あ、そ。そりゃ、よかったな。じゃ」

「水沢さんっ！　あなたに必要な、情報なんですっ！」

「言葉はもうちょっと正確に使え。俺に必要だと〝おまえが思ってる〟情報だろ？」

「……ま、そりゃそうなんですけど……水沢さんって、意外と意地が悪いんですね……」

「二回くらい言ったよな。俺の性格について何だかんだ言うのが用なら」

「わー、待った、待った！　用は他にあります！　アフロディテ四世号から問いあわせがあったんです」

がたっ。

それまで、やっぱり所長って、意地悪になる時にはちょっと意地悪だわなんて思いながら、何となく所長と中谷君の電話を聞いていた私、この単語を聞いた瞬間、思わず椅子の音をたてて立ちあがってしまう。というのは——だって——アフロディテ四世号って、太一郎さんと真樹子さんがそれに乗って火星にやってきた船で、中谷君が乗客係をやっていた船で……亮子さんと祥子ちゃんが乗っていた船で……この場合、中谷君の言っている〝情報〟って、あるいは、なかなか大切なものかも知れないじゃない？

「ほーお。乗客係への問いあわせってことは、何か忘れ物した人でもいたのかい」

なのに。

こんな重大（かも知れない）なことを言われても、所長、一向にあせる様子もなく、むしろ中谷君をからかうようにして台詞を続ける。

「忘れ物……ま、言ってみればそんなもんでしょうかね」

そしてまた。中谷君も中谷君で、どうやら結構気の強い方らしく、ここまできても一向に思わせぶりな口の利き方をやめようとしない。

「うちの船会社の土星営業所に、電話で問いあわせがあったんです。アフロディテ四世号の中に、〝子供の忘れ物〟はなかったかって」

「〝子供の忘れ物〟お？　何だそりゃ、つまり、おもちゃとか」

「あ、違います、今のは僕の言い方がまずかった、ひらたく言えば、〝迷子〟は保護されていないかっていう問いあわせでした」

「最初からひらたく言えっ！　まっすぐに、一直線に、まっ平らにっ！」

「じゃ、なるたけたいらに言いましょうか。今日、土星の営業所があくとすぐ、女性の声で電話があったんだそうです。用件は、その、迷子のこと。公式の記録には、迷子の件なんてまったく載っていませんから、営業所では〝そういう記録はありません〟って応答をしたようですね」

「成程」

「ところが、電話の女は、しつこかった。その記録はどれだけ信用できるものなのか、アフロディテ四世号はもうとっくに最終目的地の火星に着いている筈だがそちらでは何も問題が起こってはいないのか、火星で迷子が保護されていて、その連絡が土星営業所にはいっていないだけだという可能性はないのかって、どんどんつっこんで来たんだそうです」

「成程」

あいづちを打ちながら所長、あたくしに軽く合図して——そんな合図をもらうずっと前、中谷君が船の名前を出した時から、あたくし、このＴＶ電話のやりとりを、しっかり録画しだしていた。

「で、そこまでつっこまれると、営業所の方でも不審に思ったらしく、相手の名前と、アフロディテ四世号に迷子がいると思った根拠なんかを聞いたんだそうです。したら、女、黙っちまって……営業所の人間が、〃名乗りもしない人にあまり詳しいことは教えられない〃と言ったあとで、やっと、一言、ヤマダ・ハナコと名乗ったそうで」

……ヤマダ・ハナコ。これ……亮子さんが使った（と思われる）パスポートに書いてあった、偽名だったっけ……。

「ただね、アフロディテ四世号に迷子がいると思った根拠なんかは、係の人間がどれ程聞いても、ヤマダ・ハナコ、ひたすら言を左右にするばっかりで……業《ごう》をにやした係の人間が、なら何も教えることはないって言った処、今度は、本社と火星営業所の電話番号を教えて欲しいって話になったらしく」

「……ふむ」

「でね、結局、係の人間がヤマダ・ハナコに同情しちまったらしいんですよ。迷子の事情を説明できない点など、ヤマダ・ハナコには数々の訝《いぶか》しい点はあるものの、でも、とにかく、真剣であることは確からしい、と。で、係の人間、〃公式の記録に載っていないのだから、アフロディテ四世号に迷子がいなかったのは確かだが、でも一応、念の為、その船の船長や乗組員に直接聞いてみよう。三時間後にまたここに電話してみて欲しい〃って言ったんだそうです」

「……ふん」

「そんで、火星営業所に電話がはいり、前々から〃人数があわない〃って言っていた僕の処に電話がはいり」

「おい、中谷。おまえ確か、今テスト期間でどうとかって」

「はい、ちゃんとテスト受けてます。でも、一応、こういう仕事をしようと思ってるんで、テレフォン・メッセージ・サービスと契約はしているんですよね。だから、物理と化学のテストのあい間に、火星営業所に電話して事情を細かく聞いて、化学と数学のテストのあい間に、こうして水沢さんの処へ電話をしている訳です」

「…………」

テスト中。何か、こうもあからさまに中谷君はまだ学生で子供なんだってことを見せつけられると——所長、瞬時、鼻白んでしまう。その間も中谷君は台詞を続けて。

「えーと、どこまで言いましたっけ。とにかく、その話を聞いた瞬間、僕、そのヤマダ・ハナコって人と連絡をとるべきだと思ったんです。それに、多分、そちらも、僕とヤマダ・ハナコさんとのやりとりに興味があるんじゃないかなって思いましてね。それでまあ、こうして今、電話をかけてみた訳ですけど……。どうですか？　ね？　これ、充分水沢さんの方が僕に用事のあるケースでしょう」

「……ああ、そうだな。先刻《さっき》の言い方は、悪かったよ。想像力がなくて短気で意地悪な俺の話し方にもめげず、電話を切らせないでくれて、ありがとさん」

こう言った時の所長、それこそ一月《ひとつき》分くらいの苦虫を、まとめてかみつぶしたような表情になっていた。

「それで？　結果は、どうだった？　ヤマダ・ハナコって人は何て言ってるんだ」

「あ、それはまだです」

ところが。苦虫の山をかみつぶしながら、所長がせいぜい中谷君の御機嫌をとって、やっと肝心なことを質問したと思ったら、中谷君の返事がこれなんだもの。

「え、まだ？　まだって一体」

「かんべんして下さいよー、僕、今、テスト中なんです。ヤマダ・ハナコは、そんな偽名を使っているくらいだし、とても素直に自分の連絡先を教えてくれそうにないでしょう？　だから僕、土星の営業所の方に、ヤマダ・ハナコへの伝言を頼んどいたんです。『火星の中谷広明って男が、迷子の件、何か心あたりがあるらしい。よかったら直接、中谷広明に電話をしてたずねてみたらどうだろう。中谷の方はそれでいいと言っている』って奴をね。で……そんな、ややこしそうな電話、まさかテスト中にうける訳にもいかないじゃないですか。落ち着かないし」

「……成程ね。つまり今日、テストが終わっておまえが帰宅した頃、おまえの家にヤマダ・ハナコから電話がかかってくるって訳なんだな」

「違います。かかってくるのは、そちらの事務所です」

「へ？」

「水沢さんだって田崎さんだって、ヤマダ・ハナコの電話、僕から様子を聞くんじゃなく、自分で直接聞きたいでしょう？　だから僕、僕の連絡先として、そちらの事務所の番号、言っといたんです」

「な……何だってそんな勝手なことを」

「勝手なことしてくれて、ありがとさん、でしょ？」

こう言うと中谷君、二月《ふたつき》分はたっぷりありそうな苦虫をかみつぶしている所長に、にやっと笑ってウインク一つ。

「火星時間の四時すぎに、今僕がかけているこの番号へ、ヤマダ・ハナコから電話がかかってくる筈です。あ、僕は、三時半までには、そちらへうかがうようにします。……水沢さん達、今日、その時間には、事務所にいらっしゃいますよね？」

「…………」

「あ、しまった。本鈴《ほんれい》だ」

余りのことに、所長が口もきけないでいると、ふいに中谷君こう言って――同時に、中谷君のうしろで、かすかにチャイムが鳴っているのが聞こえる。

「じゃ、僕、これから数学のテストですんで……三時半までには、うかがいます」

★

「……あの……何か、様相が思いっきり変わってきました、ねえ。ヤマダ・ハナコって、つまりは亮子さんのことでしょう？　亮子さんが、祥子ちゃんのことを心配して、あちこち自由に電話をかけてるってことは……これ、ひょっとしてひょっとすると、単なる家庭争議に毛がはえたような出来事で、真樹子さんと太一郎さんさえからまなければ、あるいは事件とも言えないようなことだったのかも知れませんねえ……」

中谷君からの電話が切れたあと。

むこう半年分くらいの苦虫を思いっきりかみつぶしている風情の所長を見かねて、あたくし、思わず、言わずもがなのことを言ってしまう。でも所長、全然この話題には乗ってきてくれず、ただ一言、ぽつりと。

「最初っからこんなもんになりそうだとは思っていたよ。もしこれが、うちの事務所が正式に扱ったケースだったら、ラベルに、『大山鳴動してねずみ一匹』事件ってつけたいようなものにね」

「え、あの？　……と言いますと？」

でも駄目。いくらうながしても、所長、これ以上しゃべってくれる気がないみたい。

で、あたくし、段々、沈黙が続くと腹がたってきた。所長に、ここまで苦虫をかみつぶさせる、中谷君って存在に。だもんで、つい、中谷君の悪口を言いだしちゃって。たとえば、あまりにも生意気だ、とか、目上の人をまったく目上とも思ってない、とか。

すると、ところが。

「あいつが悪いって訳じゃない」

意外なことに、所長、中谷君をかばうようなことを言うのだ。

「麻ちゃんが怒っているのは、主に俺の為だろう？　麻ちゃん本人が、中谷のこと、嫌な奴だって思っている訳じゃなくて、あいつと話していると俺が不機嫌になるから、だから、あいつを嫌う訳だろ？」

「え……あたくし本人も、中谷君って子、ちょっと生意気だと思ってます……」

……そう。でも、確かに、あたくし個人の印象では、あの子、〝ちょっと生意気〟って程度なのだ。確かに、ここまでえんえん中谷君の悪口を言ってしまうのは、彼と話していると所長の機嫌が悪くなってしまうからだろうな。

「だとしたら……あいつと話してて、俺の機嫌が悪くなるのは、決して中谷が悪いって訳じゃないんだ」

「え……でも……」

「あいつはね、似てんだよ。だから見てると腹がたってくる」

「似てるって、誰に、ですか？」

「俺だよ、俺。昔の俺。中谷も、太一郎もそうだ、真樹ちゃんだって、みんな、どっかしら、昔の俺に似てるんだ。太一郎なんざ、今の俺にも似てやがる」

「え、あの、嘘！　嘘です、そんな。だって、どう考えたって、あの中谷君って子や、真樹子さんや……それに、太一郎さんより、所長の方がずっと大人で、ずっと社会ってものが判っていて、ずっと優しくて、ずっと人あたりがよくて、目上の人に対する時なんか、ずっと礼儀正しいじゃありませんか！」

「ま、そりゃ、今はね。俺もそれなりに年食ったから。十五、六の俺なんざ、今の真樹ちゃんより常識がなく、今の太一郎よりあわただしくすっとんでっちまって、今の中谷より礼儀になんざかまってなかった」

「嘘です、そんなの！　所長がそんなひどい子供だっただなんて、そんなこと、信じられません！」

……おっと。言ってしまってから思ったんだけど、今の台詞って、ひょっとしてひょっとすると、真樹子さんはひどく常識がなく、中谷君はひどく礼儀知らずで……太一郎さんはひどくあわただしくってすぐどこかへすっとんで行ってしまうんだって肯定してることになっちゃうんだろうか？

「嘘じゃない、本当だよ。……昔の俺、真樹ちゃん、中谷、そして太一郎に共通しているのは、とんでもない自信で……常識だの何だのはおいといて、とにかく、自分が正しいと思うことは正しいんだっていう、思いだ。正しいことをやろうとして、常識がそれにノーっていうんなら、間違っているのは常識の方だっていう自信だ。それから、目上も目下もない、問題なのは一個の人間としての能力で、その能力さえあれば、能力的におとる目上を尊重しなくていいっていいう、自信だ」

「…………」

「あいつら、みんな、そういう意味での自信を不必要な程持っていて……考えてみれば、俺だってそういうガキだった。いや、今の俺にも、かなりそういう処はあるような気がする。だから俺、あいつら見てると時々無性に腹がたって……でも、それは、あいつらのせいじゃない。あいつらが俺に似てて、自分のやな処、生意気だった処を、鏡のようにうつしだすからって、あいつらに対して怒る権利は俺にはない」

「…………」

「……それと……あと、もう一つ。今回の太一郎のやり方見てて、俺、つくづく反省したんだ。太一郎の奴は、あわただしすぎる。本人は、飛び出しちゃったらあとはなりゆきのまま行くとこまで行っちゃうつもりだろうからいいけれど、あんな調子ですっとびまわってたら、うしろの人間が迷惑だ。あいつが火星を出ていってからってもの、俺がどれ程気をもんで心配してると思うんだ」

「……ええ……まあ、確かに太一郎さんのことに関しては、そうも思えますけど……でも」

でも。

確かに太一郎さんのやり方は、あわただしいわ、人に心配をかけるわ、何がどうなっているのか飛び出した本人以外にはまったく判らないわ、ろくでもない部分が多いけど、けど、でも。

だからって、何で所長がそれを反省しちゃう訳？　反省すべきは太一郎さんじゃないの。

「今朝、ベッドの中でふとそんなこと思っちまって……思っちまったら、もう、ろくすっぽ眠っていられないんだよな。何かこう、腹がたって腹がたって心配で。で……そん時、気づいたんだ。いつもの俺……ひょっとして、太一郎と同じこと、してんじゃねえかなって」

「そんな！　所長のやり方の方が、所長のやり方の方が、ずっと……」

……困った。どうしても言葉が出てこない。だって確かに……言われてみれば……何かあるとすぐすっとんでっちゃうとこなんか、この二人、そっくりなんだもの。

「俺、いっつも麻ちゃんに不必要な心配かけたり、ひたすらやきもき気をまわさせたりしてたんじゃないか？　待たされる立場になって、初めてそんなことが判ったような気がするんだ。で、反省した」

「いいえ。あの、そんなことないです。あたくし、決して待つのって苦手じゃありませんし……」

えーん、あたくしの莫迦。どうしてこういう時、気のきいた台詞の一つも言えないんだろう。

「苦手だよ。麻ちゃんは、やきもき気をもみながら、心配しながら待っているのが、本当に、苦手なんだ」

と、所長は何故か、妙に断定的にこんなことを言う。

「苦手じゃありませんってば。どうしてそんなこと言うんです」

「麻ちゃんが俺にほれてるから」

「！」

……そ、そりゃ、事実は確かにそうなんだけど。でも、何の心の用意もない処に、ふいにそんなことを言われると……あ、駄目、血がどんどん顔にのぼってっちゃう。ほっぺたが熱くて、これ、絶対、今、あたくし、赤くなってる！

「ほれた男が飛び出したまんまろくに連絡もせずに危ないことしてたら、そりゃ、麻ちゃん、不安になるよな」

「はい」

も、頭なんか働かない。だから、ただ機械的にこくんとうなずく。

「そんで、俺は、反省した。女の子をいたずらに心配させるのは、よくない」

「はい——あ、いえ」

一回こくんとうなずいて。それからあたくし、慌てて気をとりなおして、何度も強く首を横に振る。

「いえ、そんなこと、ないです。ないんですってば。あたくしのせいで所長がやりたいことをやれなくなってしまうなら、その方がずっと辛いし」

「俺のせいで俺がほれた女の子が余計な心労を味わうのは、俺としても、実に辛い」

所長、こう言うと、もはや何をどう言っていいのか判らず、ひたすら口をぱくぱくさせているあたくしに、とびっきり上等のウインクをしてみせる。

「ま、そんな訳で、俺、本気で反省したから」

「…………」

　ぱくぱく。

「太一郎は、まだ、いいんだ。あいつは今の処、一人で生きてきたみたいだから、あいつのうしろで、夜も眠れない程、あいつのことを心配してくれる女の子はいないだろう。でも、俺は、違う」

「…………」

　ぱくぱく。

「それを自覚した以上……これからも、俺、いったんことが起きれば飛び出したっきりの水沢良行になるとは思う。これはもう、生まれつきの性質だから、今更変えられるとは思えん」

「…………」

「けど、いつでもうしろに麻ちゃんがいる、俺のことを心配して待っていてくれる女の子がいるってことは、二度と念頭からはなさないようにしとくよ。……多分、それだけでも、ずいぶん麻ちゃんにかける心配の量は、へると思う」

★

そして。で、実際。

この時から。

所長、変わったのだ。

それは、どこがどうって指摘できるような変化ではなかったけれど、でも、確実に、変わったのだ。

今でも所長、何かあるとすぐすっとんでいってしまうし、所長のことが心配で眠れない夜も時々はある。

でも。

連絡は密になったし、いろいろ説明もしてもらえるようになったし……この時を境に、それまでは一人でいろいろな事件に対処していた所長、あたくしというパートナーつきで――バックアップ部隊と一緒に――事件に対処するようになったのだ。

そう、つまりは。

この時が、所長にとっての、転回点だった訳である。運命の。

そして。

一人の男の運命を変える時につきあう羽目になったあたくしとしては——えーい、言っちゃうっ！

のろけとでも何とでも思ってちょうだい。

うらやましーだろー。

どーだ、うらやましーだろー。

こんなに、あたくし、こんなに、こんなに、愛されているんだからっ！

中巻につづく

行ってらっしゃいませ

私は、山崎《やまさき》さんというお宅で仕事をしている……乳母、っていうのはちょっと違うか、家政婦っていうともっと違う、えと、でも。まあ、大体……そんな風なお仕事なのかな、それをやっている、大河原澄子《おおかわらすみこ》って人間である。

山崎さんのお宅。これはもう、私みたいな一般庶民の感覚からすると……〃家〃ではない。〃邸宅〃。それも、大邸宅。いや、この言葉でもまだ足りない。〃壮大なお屋敷〃。まだ足りない。いっそ、〃お城〃とか〃テーマパーク〃とか言いたくなる。

隣に旦那さまが院長をやっている病院があって、御家族のみなさま、そこでお仕事なさっている。(私が勤めだした時には、病院関係者は旦那さまだけだったんだけれど、やがて、お嬢さま達が結婚しだして、そのお相手がみなさま病院関係者で、みなさまの家が敷地内にぼこぼこ建っちゃって……なんか凄《すご》いことになってしまったのだ。いやその、自分の家の敷地内に、離れみたいな感じで、三軒も四軒もお嬢さま方の家を建てられるって段階で、これはもう、〃家〃でも〃邸宅〃でもないような気がするんだが。意味、全然違うんだけれど、なんか、「人は城、人は石垣」って言った戦国武将なんか連想しちゃって、だから、お城って言葉が出てきちゃうし、ちょっとお館《やかた》さまって呼びたい気分が……。けどまあ、ほんとはどうか知らないけれど、武田信玄って、お城を持たなかった武将だって話もあるし……するっていうと……お城のような〃テーマパーク〃?)

総合病院である、山崎医院の院長である旦那さま、山崎氏のお宅で、お坊っちゃんのお世話をする、ついでに家事もやる、それが、私の、仕事。（何たって〝お城〟ないしは〝テーマパーク〟だ。山崎さん家《ち》、広い広い。とても奥さまひとりで家事の手がまわるもんじゃない。）

私は、お坊っちゃんに、〝お澄〟って呼ばれている。

おお。すっごい昔ながらの住みこみのお手伝いさんや乳母さんの呼称みたいだよね。

うん、これは、わざと。

んとねー、はやってたんだよ、この頃、私達二十代くらいの女の子の間では、二十世紀後半の頃のＴＶ番組って奴を見ることが。

んー、これって、今現在存在している、動画として最古の古典に近い、で、しょ？（二十世紀初頭だの、十九世紀だのには……そもそも、コンテンツとして、映像が殆《ほとん》ど残っていない。あっても、それは、スナップショットみたいな、止め画だけだったり、一応、〝映画〟ってものも、あるにはあったんだけれど……画像が酷《ひど》くて、娯楽としての鑑賞に耐え得るものとは、少なくとも私には思えなかった。）

動画を、ＴＶってものが配信しだしたのが、二十世紀になってからなんだよね。しかも、初期の動画は、コンテンツとしてまったく残っていないらしいのだ。

ただ。二十世紀も後半になると（一九七〇年代とか、一九八〇年代とか、一九九〇年代とか）、稀に、残っている動画がある。（……動画を残す技術があるのなら、何故、すべての動画を残さないのだ？　これは本当に謎なんだけれど、現実問題として、残っている動画と、「話には聞くんだけれどまったく残っていない動画」があるのは、事実なので。どうもこの時代には、「コンテンツをちゃんと残そう」っていう意識がなく、また、アーカイブもなかったようで、今、残っている動画は、主に〃個人〃が〃趣味〃で〃録画〃していたものが〃運良く〃残っていた……だけ、らしいんだよね。著作権法、大丈夫なのかそれ。……ま、時代背景を考えると、これはもう、しょうがないことなのかな？）

で。そこで。二十世紀後半の、只今残っている映像コンテンツ、『細うで繁盛記』とか『おしん』とか、その他色々。（これ、製作された時代が、結構違うらしいんだが……そんなこと、私、知るもんか。）そんなコンテンツを見ることが、私の世代ではとってもはやっていて……で、そこに、でてくるんだよね、〃住みこみのお手伝いさん〃〃ねえや〃なんて存在が。んで、そんなひと達の呼称が、秋子さんなら〃おあき〃、佐和子さんなら〃おさわ〃、だ、もんで。

半ば冗談で、初めて奥さまやお嬢さまに会った時、「私は〃お澄〃っていいます」って言ったら、旦那さまが「はい、お澄さんですね」って言ったんで……これが、そのまま、通ってしまった。（私。個人的に、旦那さまには、大恩がある。私がちゃんと生活ができるようになったのは、旦那さまのおかげだ。だから、今では聞いたことがないような、〃滅私奉公〃するつもりで、旦那さまにお仕えしている。するとまあ……〃お澄〃って呼称、なんか、とってもあっているような気もしたので、半分冗談、半分覚悟の表明として、こんなこと言ってみた。）

まあ、旦那さまは、私の冗談が理解できずに、素直に私の通称が〝お澄〟だって思っただけなんだろうけれど。

けれど。そのせいで。私の呼称は、〝お澄〟になった。

★

まあ、楽しいお仕事だった。

お坊っちゃんは、可愛かった。

結構生きがよくって、生意気なこともよく言っていたし、変な処《ところ》、妙に自分の主張を通そうとすることもあったけれど、全体的に見て、愛されて育った、素直な男の子。

まあなあ。

過保護だって思わない訳じゃ、なかったのよ。

何たって、山崎さん家には、かなり年上のお姉さまが四人もいたんだもの。

そもそも、四人姉妹の後に男の子が生まれたら。そして、年が結構離れていたなら。

そりゃ、上のお姉さま達は、弟を溺愛しますってば。

お坊っちゃん、太一郎ちゃんって言うんだけれど、もう、お姉さま達の愛情に、いささか辟《へき》易《えき》している感じがあったのは、私にだって、よく判《わか》った。でも、私も、その〝溺愛〟に、そのまま乗っかってしまった。むしろ過剰に乗っかってしまった。

ま。〝住みこみ乳母さん兼家政婦さん〟としては、そうするのが一番いいって判断もあった
けれど、このノリに乗っかっちゃうのが楽しくもあったから。

お姉さま達と一緒になって、太一郎ちゃんのことをうんと溺愛して、それを楽しんでいたの
は事実だ。

で。

だから。

驚いた。

殆ど、おののいたって言ってもいいと思う。

お坊っちゃんが、家出をしてしまった時。

★

家出！

するか、今の社会状況で、そんなこと！

できるか、今の社会状況で、そんなこと！

でも、したんだよねえ、お坊っちゃんは。

つらつら、お坊っちゃんが家出したってことを考えるにつけ……私、思うのだ。

うん、うちのお坊っちゃん、凄い。さすが、私が育てただけのことはある。実務能力、実行力、その他色々、凄いとしか言いようがない。

いや、だって、家出だよ？

普通の男の子にはできません。

だって、お坊っちゃん、まだ十六なんだよ？

十六の男の子が、この地球日本で、家出する。

……ほんっと、〝凄い〟としか、言いようがない。

★

基本、今の地球日本は、〝家出〟には向いていない状況なんだよね。

まず。

大体の幹線道路には、カメラが設置されている。そして、顔認証システムってものがある。

すべての駅には、改札に向けてカメラが設置されている。顔認証システムも、当然ある。改札を通ったひとは、すべて認識される。

ということは、どういうことになるのか。

家出なんてしたって、それがばれた瞬間、家族が警察にそれを届け出て……顔認証システムでもって、カメラに検索かければ、お坊っちゃんがどういうルートでどういう動きをしたのか、ほぼ、判ってしまう（筈《はず》）。

また、現在では、現金による決済は、ほぼ、ない。いや、勿論《もちろん》、現金決済が禁止されている訳ではないから、稀に現金で買い物をするひとは、いるよ。けれど、それは本当に少数派。キャッシュレス社会が信用できないっていう主義のひととか、「数字じゃなくて、実際にお札がお財布の中から減ってゆかないと、自分が使った額が把握できないから、無駄づかいしない為《ため》に現金でやってます」なんていうひと。（あとは……その……特殊な趣味の商品なんかで、自分が買ったことをひとに知られたくないものを買う場合は、現金、使っているひともいるよね。）

ということは、家出のあと、どこかで何か買い物をしたら（お坊っちゃんの普段の買い物は、当然、山崎家の家族カードを使ってである）、それは全部、判ってしまう。ということは、家出がばれた瞬間に、カード履歴を押さえてしまえば、もう、お坊っちゃんがどこで何を買ってどういう道筋を辿《たど》ったのか、これまた、ほぼ、判ってしまう（筈）。お坊っちゃんが、意図的に家族カードの使用を控えたら……今度はお坊っちゃん、支払いがすべてできなくなって、そこで家出は頓挫する（筈）。

それに、だ。お坊っちゃんには、ほぼ、現金の持ち合わせがない（筈）。だって、毎月のお小遣いは、全部、お坊っちゃんの家族カードに充塡する形で与えられているし、そもそも、昨今、現金を受け渡しするひとなんて滅多にいないし、まあ、毎年お正月のお年玉とかで、年輩のひとが子供に現金を渡すこと、皆無じゃなかったんだけれど、そこで受け取れる現金は、たかが知れている（筈）。

けれど。

すっごいなあ、お坊っちゃん。

このお澄が育てたんだから、だから、えっへんって言っちゃうんだけれど、お坊っちゃん、なんと、この、すべての、〝筈〟を、見事にクリアして、家出をやってのけちゃったのだ。

★

今では。

お坊っちゃんが〝家出〟したって判っている今では。

その〝映像〟、見返すとちょっと笑ってしまうんだけれど。

あの日、お坊っちゃん、何故か、山崎家の敷地の裏口から、外に出た（らしい）。裏口から歩いてちょっとの、主要幹線道路に到達した処で、お坊っちゃんの映像が残っている。カメラの正面まで来たお坊っちゃん、何故か、カメラに向かってにっこり笑い、そして、なんか変な感じで、目をしばたいたのだそうだ。

この映像を解析していた警察の人々は、この絵を見て、様々な感想を抱いたらしい。

目にごみでもはいったのか？

妙にぱちぱちしているよな、これに意味があるのか？

この時、すでに犯人が近くにいたのでは？　だから、捜査陣に何らかの情報を与えようとして、変な動作をしてみたのではないか？（あ、この感想については、あとで説明するね。）

そんなこと。

私に、お澄に、この映像を、最初っから見せてくれたら、簡単に説明がついたのに。（のち、この映像を見せてもらった私は、あっという間に正解を出した。）

それから、カメラの中のお坊っちゃん、一礼して、そして、何故か、もう一回、山崎家の裏口の方へとすたすた歩きだす。

お坊っちゃんの映像が切れる。

そして、このあと。

お坊っちゃんの映像は……どのカメラでも、みつけることが……随分、随分、できなかったのだ。

★

お坊っちゃんがいなくなってしばらくは。最初のうち、これは、〝失踪事件〟だったのだ。

山崎家の長男が失踪してしまった、そんな事件。

お坊っちゃんが夕飯の時間になっても帰宅せず、奥さまとお姉さま達が騒ぎだし、でも、さすがに、十六の男の子が夕飯時間に帰ってこないっていうだけでは事件性なんて皆無だから、「今すぐに警察に連絡を!」って主張する奥さまを旦那さまが宥《なだ》めて。

でも、翌朝になっても、お坊っちゃんが帰ってこないと……ここで、もう、奥さまやお姉さま達を抑えることなんて、誰にも、無理。

で、警察に捜索願が出される。

最初、山崎家に来た警察官は、まったく乗り気じゃなかったらしい。(これがのちのちまで尾をひいて……山崎家と、警察の間が、ちょっとおかしくなったらしい。)

まあ、当たり前だ。十六の男の子が一晩家をあけたからって、そんなもん刑事事件にするなよっていう警察官の気持ちは、よく判る。

けれど、山崎家側の主張が、あんまり強固だったので、仕方ない、警察が、山崎家周辺のカメラの映像を、顔認証システムで検索してみた結果……。

いきなり。

お坊っちゃんの失踪、〃誘拐事件〃扱いになってしまったのだ。

というのは。

最後に残された映像が、何故か、裏口から少し行った処にある、幹線道路のカメラ。そこでお坊っちゃん、何か意味ありげに目をしばたいた後、一礼して、引き返す。そしてその後……

まったく、お坊っちゃんが映っている映像が、ない！

★

これはあとで聞いた話なんだが。

「あり得ない」

この映像の分析結果を聞いて、凄い勢いで、なんか警察の偉いひとがすっとんできたらしい。十六歳の男の子が自分の意志でどこかに行ったのなら、こんな分析結果はあり得ないってことで。そしていきなり捜査本部が設置された。

「山崎家が、ここ、ですね。表門を出てすぐのここには、カメラがあります。向かい側にも一台。どうやっても、これに映らず、太一郎君がこの道を通行することも、横切ることもできません」

「いや、だって、太一郎、裏門の先の道路でカメラに映っているんでしょ？　なら、太一郎は裏門から……」

「映った後で、妙な表情になって、何か意味あり気に目をしばたいて、それから引き返しています。……ここで、太一郎君に何かあったのかも知れません。……というのは……非常に言いにくいことなんですが……捜索の為、山崎家を中心にして、半径十キロの範囲で、すべてのカメラの映像に顔認識ソフトをかけてみたんです。その結果、半径十キロで、太一郎君が、自分で歩いている状態で、カメラに映っている映像が、ひとつもありませんでした」

「……」

「まあね。この十キロ圏内には、確かにカメラがない道も、あります。その大半は、私道とか裏道とか昔の農道とか人の家の庭とか、そういう奴です。太一郎君が、わざわざそういう道を選んで、十キロ越すまで歩いたとしたら、彼がまったくカメラに映らない可能性もあるんですが……ですが、十キロですよ？　時速五キロで歩いたって、十キロを踏破するのには、二時間かかります。まして、半径、十キロですよ？　その間にあるカメラがない道は、直線じゃありません。となると、あくまでカメラに映らない為には、四時間も五時間も、太一郎君が、脇道ばかりを選んで歩き続けたっていうことになります。それも、思いっきり、迂回《うかい》して。場所によっては、カメラを避けて、他人の家の庭を横切ったりしないといけないケースもあります。……これは、あまりにも、不自然です。というか、普通、あり得ないと思います」

「…………」

「あくまで太一郎君が家出した可能性も考慮して、山崎家を中心にして、半径三十キロまでのすべての駅の改札のカメラの映像も、顔認識ソフトにかけてみました。バス停も同じくです。ですが、該当するものは一件もありませんでした」

「…………」

「この場合、一番考えられるのは、太一郎君、自分では歩いていないという可能性です。どこかの時点で、彼が、例えば大きなスーツケースなんかに押しこめられてしまった場合……スーツケースをひっぱって歩いている人間は、当然、太一郎君を目標にした顔認識ソフトにはひっかかりませんから。まあ、どこかの時点で、車に乗せられてしまった場合も、同様の結果になるでしょうが……今のシステムでは、車の助手席にいる人間、後部座席にいる人間も、結構認識できますからね、助手席や後部座席の人間も、ぽろっと顔が映ってしまうこと、あるんですよ。それが、半径十キロ内でここまで完璧にひっかからないということは、車のトランクに……」

この瞬間、奥さま、失神したらしい。で、旦那さまが。

「それは……スーツケースや車のトランクに押しこめられるって……」

「考えられるのは、誘拐の可能性です」

これでも、刑事さん、随分表現を柔らかにしていたのだ。というのは……多分……この段階で、刑事さん、お坊っちゃんがすでに〝生きていない〟可能性を考えていた筈だから。うん、十六歳の男の子を、気絶させてスーツケースやトランクに押しこんで運ぶより、殺してしまった男の子の死体をスーツケースに押しこむことの方が、ずっとずっと簡単なんだから。まして、〝分解〟してしまえば、その運搬は、ずっと楽だ。

あと付けの理屈でいえば、この刑事さんの判断、間違っていた。この判断のせいで、私、ずっと、「お坊っちゃんは誘拐された」って思っていて……だから、肝心の、お坊っちゃんの裏門での映像を見ることはなかった。(誘拐事件になった瞬間から、すべての情報は家族にも秘されることになる。いや、捜査本部は、この時点で殺人事件を考慮していた訳だから、家族にだって、それは絶対教えてくれない。基本、殺人事件の場合、犯人が家族である可能性は、かなり高いのだから。)

ま、お坊っちゃんの無事を考えるのなら、この刑事さんの判断は当然だと思えるんだけれど

……この時。

私が。お澄が。

一目でいい、その時点で確認されている最後のお坊っちゃんの映像を見ることさえできたら。したら、私、言ったのに。

「あの？ これ、お坊っちゃん、ウインクしてますよ？ ……ということは、これ、お坊っちゃんが企んだことなんでは？」

ああ、もう。あからさまに、お坊っちゃんは、ウインクしてるのに。あきらかに、「これは自分のせいなんだよ」ってメッセージを送ってきているのに。お父さまとお母さまに余計な心配をかけないよう、最低限の配慮はしていた筈なのに。

……けど。

お坊っちゃんのウインク。あれ、知らないひとには、どうしたってウインクには見えないものなんだよねえ。

……この事実に、お坊っちゃんが気がつく日は、果たしてくるのだろうか……？

☆

ま、それはさておき。

ここから先は、も、ばたばた、ばたばた。

〝山崎太一郎誘拐事件〟本部ができ、警官達が、本当にばたばた。（でも、これ、違ったんだよね。旦那さまに対する配慮として、こういう名前の本部になっていたんだけれど、実質の処、〝山崎太一郎殺害死体遺棄事件本部〟が、警察の中でできていたんだろうと思う。）

二日、三日、一週間、そして、十日、警察官のみなさまによる必死の捜査が続き……でも。

その〝本部〟は、ある日、あっという間に解散する。

というのは。

お坊っちゃんからの手紙が、ついたから。

山崎家の、お城に、テーマパークに、やってきた、その手紙の内容は、とっても簡単だった。

まず。


手紙の中で、お坊っちゃん、謝る。


「驚かせてしまって、心配させてしまって、本当に申し訳ない。酷いことをしたって、自分でも思っている」

こんな内容を、縷々《るる》、書いた後で。

「俺は、自分で、自分の力のみを頼りに、この宇宙で生きてゆきたいと思う」

そんな決意表明が何行か。それから。

「という訳で、家出した」

この事実に対する補足説明がまた、何行か。それから。

「探さないで欲しい」

そして、その後。

「大丈夫。あなた達に育てていただいたから、俺はまっとうな人間になっている。だから、そんな、あなた達が育てた俺のことを、信頼して欲しい。

お父さん。

お母さん。

お姉ちゃん達。

お澄。

ありがとう。

俺は、あなた達のおかげで、ちゃんとした、まっとうな人間になっていると思う。

だから、俺のことを信頼してくれていい。

俺は、俺として、ちゃんと生きてゆくから。

だから、あなた達も、俺のことは忘れて、ちゃんと生きていって欲しい。

そして、最後に。

これだけは言いたい。

……ごめんなさい。」

すみません、でも、申し訳ない、でもない、ごめんなさい、で、閉じられた文章は、なんか、微妙に、お坊っちゃんぽくって。ああ、謝っている時のお坊っちゃんだよなあって思えてしまって。

私、ちょっと、笑ってしまった。

★

お坊っちゃんの家出って事実があきらかになると。まず、警察がやったのは、空港、そして、宙港《ちゅうこう》でのカメラ映像、その解析だった。(それまでは、最初の三日間で半径三十キロ以内、次の十日間で半径五十キロ以内まで、駅やバス停なんかのカメラの映像の捜査をひろめていたのだが、これにはお坊っちゃん、まったくひっかかっていなかった。そのせいもあって、〃家出〃って可能性は、無視されていたのだ。)当然、その間に、山崎家に対する怨恨だの、お坊っちゃんに対する怨恨だの、そういう捜査もすすんでいた。だが、こちらも、ひっかかる話、何もなし。

この手紙がついた処で、警察、捜査方針を改め、山崎家からの距離ではなく、〃空港〃、そして、〃地球を出ることが可能な宙港〃に、捜査の主力を変えたのだ。

そうしたら。

もう、笑ってしまうよなあ、お坊っちゃんの家出、その五日後の、東京の宙港に。まるで、記念写真とっているみたいな、くっきりとしたお坊っちゃんの顔が、あったのだ。しかも、その映像が……。

「また、なんか、目をぱちぱちさせている……」

「前の映像にも、これ、あったな？　これ、何だ？」

「目にごみが……太一郎君って、やたらと目にごみがはいる高校生なのか？」

「それはどんな高校生なんだ！」

……いや、だから。それは、ウインクです。これは一体何だろうって思うのが普通でしょうけど、それ、ウインクです。お坊っちゃん、ウインクって言ったら、そんなものしかできないんです。

まあ、でも。これに気がついた警察のひとは慌てて。

「家出五日後ってことは……今もう、家出してから十日はたってるよな？　あああ、しかも、この時間に運行してるのは、月行きだよ月行きっ！　月直行って奴じゃないか。こりゃ、もうとっくに……」

「ああ、もうっ。とっくにこいつ、月に着いてて、今じゃもう、月でもたもたしている訳ねーよっ！」

しかも。

「宙港で……月行きの船に乗れたってことは……」

「太一郎君は、パスポート持っていないという話なんだが……」

「当然、月行きの船に乗れた瞬間、パスポート偽造しているっていう話になるわな。んで、この段階で月に行っちまってるってことは……。しかも、〝家出〟である以上、本人が自分の足跡を隠そうとしているんなら……」

「ここから先は……もう……まったく、行方が、辿れない」

そうなのだ。

カメラが常備してあるのも、顔認証システムがあるのも、それは地球だけの話であって……一歩地球を出てしまえば、そんなものはない。いや、それより前に、ここから先は、パスポートだっていい加減になる。今、地球政府がやっているのは、「地球にこれ以上のひとをいれない為」の政策であって、地球から出ていってしまうひとに関しては、早い話、どうでもいいのだ。

故に。

地球さえ、出てしまえば。

これで、お坊っちゃんの家出……完成。

また。

お坊っちゃんは、現金を持っていない筈だった、だから、お坊っちゃんがカードを使ったら、すぐにそれは警察で把握できる筈、なのに、未だに警察ではお坊っちゃんがカードを使ったことを把握できていない、ということは、お坊っちゃんはカードを使っていない……。

これは当然、お坊っちゃんは、偽装パスポートなんて作れない筈って事実を、裏書きしている筈だった。（ある程度のお金がないと、偽造パスポートなんて作れる訳がないんだから。）

けれど。

お坊っちゃんの誘拐（ないしは殺害）事件が否定され、お坊っちゃんが〝家出〟したことが判り、情報管制が解かれた瞬間、名乗りでてきたひとがいたのだ。

近所の本屋さんの御主人。

昨今では、紙に印刷してある本って、贅沢品《ぜいたくひん》になっていて、だから、本屋さんの経営はかなり苦しくなっているんだが、お坊っちゃんは紙の本が結構好きで、よく行っていた、そんな本屋さん。（実は、私も紙の本って、結構好き。んで、ここにもよく行っていたのよ。）

「あの……太一郎、くん、が……その……家出を、したって、本当ですか？　それでもって、彼には、現金の持ち合わせがない筈だっていうのも……」
旦那さまに面会すると、本屋さんの御主人、なんかおどおどとこんなことを言って、そして
それから。いきなりがばって体を伏せてしまったのだ。
「すみません、僕が、太一郎君に、現金、渡してました」
「……といいますと……あの……？　何故あなたが太一郎に現金を」
「すみません、三月の二十二日は、あの、山崎さんの、結婚記念日では、ありませんか？」
「え……ええ、はい、そう、です」
「しかも、今年は、四十回目の、結婚記念日になる」
「はい、そうなんですが」
「そんなことを、一昨年、太一郎君に言われたんです。で、そんな特別な記念日だから、その
為の贈り物をしたいんだけれど、家族カードでそんなもの、買う訳にはいかないって。家族
カードで買っちゃったら、そもそも〝贈り物〟にならないし、その前に、親にばれればれだろ
うって」
確かに。
「僕もそう思ったので、太一郎君が、バイト代、現金で欲しいって言った時、当然だなって思
いました。だから、バイト代、現金で支払っていて……。すみません、去年の春から……ああ、
もう、一年……何ヵ月になるのかな、太一郎君、うちでバイトしてくれてまして、その代金は、

全部、現金で彼に渡しています。……二年も前から、親の結婚記念日の贈り物の為にバイトをする高校生って、もう、ほほえましくって、絶対内緒にしてくれって言われたら、心から内緒にしようって思って……」

これで、お坊っちゃんの手元にある程度の現金があった理由が……判った。しかも、その金額は、全部足すと、どうやら偽造パスポートが何とかなるだろうってくらいになる、そんなことも、判った。（地球にはいる為の偽造パスポートは、莫迦《ばか》高いんだけれど、地球から出てゆく為の偽造パスポートは、ほんとに安い。っていうか、そんなもん、欲しがるひとは、まずいない。そもそも、出てゆく時には、パスポートチェック、本当にいい加減である。）

ついで、それから。

「去年から今年にかけて、山崎君にうちの次男の家庭教師をお願いしていました」

なんて、出頭してきたひともいて。

「山崎君、うちの長女の同級生なんですよ。理系はともかく文系の成績はいいし、家柄は充分すぎるし……うちの次男の家庭教師に、まさにうってつけだったもので。はい、謝礼を現金で欲しいっていうのが、ちょっと不思議だったんですけれど、『親に言いたくない買い物もあります』って言われたら、ああ、そうなのかなあって……。思春期の男の子なら、そんなこと、当然あるだろうなって思ったもので……」

こんなひとが、何人か。

やがて調べてゆくと、こんな牧歌的なものではない、それこそ、合法と非合法の間でやってる商売で、山崎太一郎に仕事を依頼していたひとがどんどんでてきて……当然、その依頼に対する報酬は、あくまで、現金、だった。

そして、それをみんな足すと……。

非合法のパスポートを手にいれ、宇宙船に乗り、そしてその後、宇宙で何とか生きてゆく、その足がかりになりそうな額が……どうも、お坊っちゃんの手元には集まったみたいだったのだ。

それから。

ぽつぽつと、長距離トラックの運転手さん達が、出頭してきた。このひと達が言っていることは、みんな、一緒。

ヒッチハイクされた。

今時、ヒッチハイクなんてする奴がいるだなんて驚いた。

とても気持ちのいい奴だった。

だから俺は、ヒッチハイクされるがままに、そいつを目的地まで連れていった。

それに何か文句があんのか？

いや、それに、文句は、ないんだけれど。

でも。

この。

合計七件あるヒッチハイク目的地を、図にしてみたら、あっちに行ったりこっちに行ったりしているんだが、最終的には、全部合わせると、見事に問題の宙港に到達していた。（しかも、ご丁寧にも、最初にヒッチハイクした場所は、すでに山崎家からは二十キロ以上離れていた。）

と、いうことは。

お坊っちゃん、お金を貯めた後で、それでも監視カメラに映る、電車だのバスだのを使わないで、あくまでヒッチハイクで宙港を目指し。それも、あくまで、直線的に宙港には行かないようにして。

けど、最終的には、宙港に、ついたのだ。

ごめん。

これ、言っちゃうと、怒られること、判っているけど。

でも、言っちゃう。

うん。

えへん。

うちのお坊っちゃんはねー、お澄のお坊っちゃんはねー、凄いんだよっ！

さっすが、お澄が育てた男だけのことはある。

……いや。

そんなこと、言っちゃいけないって、判ってはいるんだけれど。

★

これは、お坊っちゃんの家出だって確定した処で、私は、旦那さまに呼ばれた。

ここで私、初めて、山崎家の裏口の映像を、見せて貰《もら》った。

見た瞬間、私は叫んだ。

「あの、これ！　これ、お坊っちゃん、ウインクしてますよね？」

「ああ……お澄には、それが判るか」

「誰だって判りますよっ！」

と、旦那さま、少し笑って。

「いや、警察のひとは、誰ひとり判らなかったみたいだよ。みんな、〝この段階で犯人が側《そば》にいて太一郎を威圧していたのではないか〟、〝だから太一郎は見ているひとに何か合図を送ろうとしていたのではないか〟とか、変なことを思ってしまったようで。……あるいは、そう思わなかったひとも、目にごみがはいったって思っているらしい」

……まあ……そう思われてもしょうがないよなあ、このお坊っちゃんの変なウインク。

と。

そんなことを思った私。

同時に、とんでもないことに、気がついてしまった。

これがお坊っちゃんのウインクだって……少なくとも、旦那さまは、気がついている。

じゃないと、こういう話の流れには、絶対に、ならない。

そして、旦那さまが。

これがお坊っちゃんのウインクだって気がついたのなら……気がついたのなら……その瞬間、旦那さま、これが、お坊っちゃんの家出だって、判っていた筈、だよね？

なら。

なら、何でそれ、警察に言わないの。

家出だって最初っから判っていれば、警察は、最初っから、宙港を押さえた筈だった。初手で、宙港を押さえられてしまったら……お坊っちゃんの家出、成立できなかった可能性がある。

「あいつ……莫迦、だな」

ゆるゆると、旦那さまは、言う。

「誰に遠慮したんだろうな」

この言い方で、判ってしまう。

旦那さま……お坊っちゃんが家出したことが判っていて、その家出の理由は、山崎病院の後継者問題だって……これまた、判っているんだ。

うん。お坊っちゃんがいなくなったのは、〃誘拐〃じゃなくて、〃殺人〃でもなくて、〃家出〃だって判った瞬間から……私にも、判っていた。勿論、あまりに過保護な家から出てゆきたい、そんな気分はあっただろう、けど……。

お坊っちゃんが家出したのは、多分、〃山崎病院を義兄の誰かに継がせる為〃なんだ。

そうとしか、思えない。

そして、だから。

だから、旦那さまは、お坊っちゃんの家出を……いわば、〃見逃した〃。

しかも。

それを私に言うってことは……。

「悪いな、お澄」

私を共犯者にしようとしている。

「……こんなこと……妻にも娘にも言えなくて……」

「お澄も聞きませんでした」

「成程《なるほど》。ありがとう」


にっこり。

旦那さまは笑って、そして、話は、ここで終わった。

☆

お坊っちゃんが家出した時。

旦那さま、それを、スルー。

そして、お澄も、それを、スルー。


でも。

でも、たったひとつ、言いたいことがある。

お坊っちゃん。

あなたは、自分の人生を生きる為に、その為に、家を出て言ったんだよね？
だとしたら。
お澄が言える、そして、お澄が言っていい言葉は……たったの、ひとつだ。

お坊っちゃん。

行ってらっしゃいませ。

そしてそれから。
お坊っちゃんの家出の二年後、いきなり山崎家に（あ、お坊っちゃんが家出した後も、私は家政婦として山崎家にいる。いや、だって、お城だもん。どう考えたって、家事を手伝うひとは必要だよね?)、差し出し人不明の郵便物が届いた。中にはいっていたのは、かなり可愛い指輪と、一枚の紙。

その紙には、こう書かれていた。

「遅くなってごめん。結婚四十周年おめでとう」

この指輪は、奥さまの指にぴったりで、しかも、お坊っちゃんが本屋さんでバイトして受け取った金額に、ほぼ相当するようなものだった。

……お坊っちゃん。律儀なんだから。

奥さまは、これを見た瞬間、いきなり涙ぐみ……それでも、泣くことはなく、そのあと、その指輪を自分の指に嵌《は》めて……そして、言った。

「いくら何でも、これ、私には可愛すぎない? これ、絶対、若い子向けのファッションリングよ。あの子、もうちょっと気を配らないと……間違いなく女の子には受けないわよね?」

ああ、はい。

お澄も、そう思います。

でも。
それが、お坊っちゃんですから。

〈Fin〉

あとがき

あとがきであります。

これは、以前出版芸術社で出していただいた、『星へ行く船』シリーズの番外編です。ですが、まあ、『星へ行く船』を読んでいなくても、まったく差し支えがない構成になっていると思います。(というか、むしろ……読んでいないひとの方が、単純に楽しめるような気も……しないではない、わな。)

えと。『星へ行く船』シリーズというのは、昔(三十年以上前)、集英社コバルト文庫で出していただいたシリーズです。自分で言うのは何なんですが、多分私の初期の代表作だと思います。うん……これまた、自分で言うようなことじゃないとは思うんですが、私、このお話、とても好き。で、それを、せんだって、出版芸術社から、『完全版』として、もう一回出していただきました。『完全版』ということで、無茶苦茶加筆修正させていただきました。

これは、その流れで、番外編を完全版にした奴です。本編以上にやたらと加筆修正しております。この作業に非常に時間がかかった為、本編が出たあと、この本が出るまで、かなり時間がかかってしまいました。

☆

加筆修正。

このお話の場合、ほんとにもの凄《すご》い量の加筆修正をしたんですが……内容を直したい場合はただ直せばいいんですが……一番めんどくさかったのが、言葉の修正でした。

例えば、ブラウン管。(昔のTVの画面や、パソコンだって、こういうものだった。)でも、今では、これ、まずありませんから、言葉を変えなきゃいけない。カセットテープ。これ読んでいる平成生まれのひとの中には、「それ何?」って思ってしまう方もいらっしゃるでしょう。平成生まれなら、知らないよねえ、そんなもの。レコード。だから、ない。けど。そういうものは、言葉を直せばそれで済む。問題なのは、状況です。

今回の場合、結構悩んで、結局修正しなかったのが、事務所にかかってきた電話を受ける場面でした。

受話器をあげるって表現があったんですが……ええっとお……電話を取る時に、まず、受話器をあげるって、今では、普通、あんまり、ない。（と、言うか、〝受話器〟そのものが、まず、判《わか》らないのではないか？　いや、今でも、家電なんかには、受話器、あるよね？　けど、将来は、そういうもの、なくなってしまう可能性が高いような気も……。）

ものはTV電話ですから、スカイプみたいに、受話器なしに、普通に受けちゃってもいいのかな？　……けど……事務所の電話として、それは、どうなんだろう？

事務所に電話がかかってきて、その電話を受けた時、まわりのひとみんなに、その電話の内容が知られてしまう。これは、まずいような気がします。まず、受けたひとが、その電話の内容を吟味して、「誰に取り次ぐべき話」なのか、その辺、考えなきゃいけないんじゃないか。とすると。受けた時には、個人通話。のちに、話の内容によって、事務所のみんなと共有するかどうかを考える。

それに。場所が事務所なら、複数の電話が、一遍にかかってくるケースだってあるでしょう。そういう時、全部の電話がだだ漏れだったら、そりゃ、煩《うるさ》くってたまらないわな。

と、いうことを、色々勘案致しまして。〝受話器をあげる〟という描写を残すことにしました。（逆に言うと、この瞬間、これは受話器がついている電話なんだなってことが決まりまして、以降そういう描写になりました。）

こんなことを、ひとつひとつのケースに対応して、延々やっていたものですから……もの凄く加筆修正に時間がかかってしまいました。

話を、戻します。

★

『星へ行く船』シリーズって、骨格はとても単純なんです。女の子の成長物語。他の要素だって色々あるんだけれど、とにかく構造は、あゆみちゃんっていう主人公の成長物語。

……なの、です、が。

とにかく、あゆみちゃんっていう主人公が、ひたすらまっすぐで前向きで前しか見ていないんで（……これは……褒めているのとは、微妙に違うな。ひたすらまっすぐ、ひたすら前向き、ひたすら前しか見ていない……。結構怖い資質です。私は、好きですけど、こういうひと。けど、それは、人間として好きだってことであって……自分の友達や家族にこういうひとがいたら……嫌、かも）、このお話、ひたすら前を向いて、無事に、あゆみちゃんの成長物語として、完結することができました。

でね。

『星から来た船』は、その、前段階のお話。（具体的には、『星へ行く船』の数年前のお話ですね。)

で、何で私がこのお話を書いたかって言うと……『星へ行く船』シリーズ書いてて、もっの凄い、欲求不満になったからっ！

何が欲求不満。

はい、あゆみちゃんが、あんまりにも、莫迦《ばか》だから。鈍いにも程ってもんがあるだろう。いえ、その。

過去の自分の代表作の、それもおそらく好感度ナンバーワンのヒロインに対して、「莫迦だから」って切り捨てるのは、作者として、あんまりだろうな。

けど。莫迦なんだよー、この子。ほんとにどうしよう。

★

私は、一人称のお話を書くのが結構好きです。

でね。一人称には、絶対の法則があります。

〝視点人物が知り得なかったことは書いてはいけない〟。

はい。当たり前です。

ただ、この法則をちゃんと守ると、お話、書きにくいことが時々あって。そんな時に、抜け道もあります。

「これはあとから聞いた話なんだけれど」って断りいれて、時系列をちゃんとすれば、〝伝聞〟って形で、主人公が知らなかったことをいれるテクニック、あるっちゃ、あるのね。（『星へ行く船』本編でも、時々使ってます。）

ただ。それでも絶対に守らなきゃいけない法則がありまして……〝視点人物が気がつかなかったことは、たとえ読者が気がついたとしても、作者がどんなに言いたかったことであっても、本文中で触れることはできない〟。

……『星へ行く船』、本編。

ある意味……そんなん……ばっかし、だったのでした。

太一郎さんと水沢所長の関係なんかは、最初っから設定してありました。だから、『星へ行く船』本編には、そんな伏線を割とひいてあったのよー。

なのに。

なのに、肝心の、ヒロインのあゆみちゃんが……見事に、この伏線に、気がつかない。本当に、気がつかない。

すっごいあからさまな伏線だってあったのに、完全にそれ、スルーしちゃうんだこの子。

その他にも、中谷くんの思いとか、色々あったのに……どうして気がつかないんだろうこの子。でも、気がつかないのがあゆみちゃんだよね。あゆみちゃんの視点で原稿書いている限り、これはもう、絶対になかったことになっちゃうんだよね。

けど……どうしよう……これ……。なんか……哀《かな》しい……。


ま、とは言うものの。

一人称小説で、視点人物が伏線に気がつかなかった場合。他にどうしようもなかったので。あゆみちゃんが、伏線には全部気がつかなかったまま、『星へ行く船』本編は、おしまいになりました。

いや、まあ、たとえ〝登場人物〟が気がつかなかった伏線があったとしても、それが矛盾を引き起こさない以上、それ、無視すればいいよね？って話なんですが……。

作者の私は、もう、もっの凄い、欲求不満。

ですが。

あのなあ。あゆみちゃん。

所長と太一郎さんの関係とか、ほんっと、作者は色々伏線ひいてたと思うんだよ？　で……で……どうして、あんたは、それにまったく気がつかないの。最後、人から聞いて驚くって、何なのそれ。

作者である私は、どうして最後の最後で、自分が今までひいていた伏線全部無視して、しょうがない、所長や太一郎さんの台詞で事実関係だけ書いて（も、伏線全部無視した、単純なネタバラシ状態になっちゃった）、それで主人公が驚くって、ほんっと、何なのそれ。

……いや……そういう設定のキャラクターでしたから、気がつかなくてもしょうがないかなあ、とは思うんですが……それにしても、最後の頃は、私、泣いてました。どうしてここまで鈍感なんだろう、あゆみちゃん。気がつく時はすっごい鋭いのに、いやまあ、そういうキャラクターなんだよな、だから、鈍い時にはおっそろしく鈍くなるんだよな、そんなこと、作者である私が一番よく知っているんだけれど……けど……この鈍さっ！　何とかしてくれっ！

――って、私は誰に文句を言っているんだ。この文句を受け付けることができるのは、作者だけだ。んでもって、作者は、私だ――。


で、まあ。

欲求不満が嵩《こう》じて。

こんなお話を、書いてみました。

一所懸命仄《ほの》めかしているのに、あゆみちゃんがどうしても気がついてくれなかった、太一郎さんと水沢所長の関係をもとにした、過去のお話。

だってあのね。

なんか、あんまりにも、あんまりにも、最初っから伏線やたらひいていた自分が可哀想になっちゃったんだもん。

そういう……何か、自分の為《ため》に書いたようなお話ですので。

もう……読み返してみたら判る、私、思いっきり、自分が楽しんで、このお話、書いてますね。

私はわりと会話でじゃれるのが好きなんですが、このお話、基本骨格、ほぼ、それだけ。ひたすら、太一郎さんと水沢さんが、会話でじゃれてます。

ああ、こういうの、『星へ行く船』本編で、あゆみちゃんが推測してくれて、色々悩んだり疑ったり何だりして欲しかったんだよなー、でも、あゆみちゃんは一切それをやってくれなかったんだよなー、だからいいもん、も、作者が好きに書くもん。

とても楽しい作業でした。

と、いう訳で。

作者が思いっきり楽しんでしまったお話ですので……読者の方も、作者と一緒になって、楽しんでくださると、本当に嬉しいです。

それでは。

このお話、この後、中巻、下巻って続きますので……そんでもって、作者がひたすら楽しんでますので……できることなら、読者の方も、作者に付き合って、これを楽しんでいただければと思います。

できれば、中巻のあとがきで、またお目にかかれるといいなあって、思っております――。

２０１９年　３月

新井素子

新井素子 ★ あらい・もとこ

1960年東京都生まれ。立教大学ドイツ文学科卒業。

77年、高校在学中に「あたしの中の……」が
第1回奇想天外SF新人賞佳作に入選し、デビュー。

少女作家として注目を集める。「あたし」という女性一人称を用い、
口語体で語る独特の文体で、以後多くのSFの傑作を世に送り出している。

81年「グリーン・レクイエム」で第12回星雲賞、82年「ネプチューン」で第13回星雲賞受賞。

99年『チグリスとユーフラテス』で第20回日本SF大賞をそれぞれ受賞。

『未来へ……』(角川春樹事務所)、

『もいちどあなたにあいたいな』『イン・ザ・ヘブン』(ともに新潮文庫)、

『ゆっくり十まで』(キノブックス)、『この橋をわたって』(新潮社)など、著書多数。

初出 ★ 本書は『星から来た船(上)』(1992年 集英社文庫 コバルト・シリーズ)を加筆修正し、書き下ろしを加えたものです。

星へ行く船シリーズ★6

星から来た船　上

二〇一九年五月二〇日　第一刷発行

著　者　新井素子
発行者　松岡佑子
発行所　株式会社 出版芸術社
〒一〇二−〇〇七三
東京都千代田区九段北一−一五−一五 瑞鳥ビル
ＴＥＬ 〇三−三二六三−〇〇一七
ＦＡＸ 〇三−三二六三−〇〇一八
ＵＲＬ http://www.spng.jp/

印刷・製本　中央精版印刷株式会社

ISBN 978-4-88293-518-6 C0093

好評発売中

星へ行く船シリーズ

1 ★ 星へ行く船

本体一四〇〇円＋税

森村あゆみ、十九歳。〈ちょっとした事情〉で地球を捨て、火星へ家出中！地球から出航したと思ったら、やっかいな事件に巻き込まれ——表題作ほか、「雨降る星　遠い夢」、書き下ろし「水沢良行の決断」、新あとがきを併録。

2 ★ 通りすがりのレイディ

本体一四〇〇円＋税

火星にある水沢総合事務所に就職した、あゆみ。〈やっかいごと〉解決のプロとなるべく修行中！　ある女の子をボディガードせよという依頼が来るが……表題作ほか、書き下ろし「中谷広明の決意」、新あとがきを併録。

3 ★ カレンダー・ガール

本体一四〇〇円＋税

新婚旅行へ旅立った水沢所長と麻子さん。麻子さんが誘拐されたとの知らせが入り、慌てて宇宙船を追いかけたあゆみと太一郎だったが……表題作ほか、書き下ろし短編と新あとがきを併録。

4 ★ 逆恨みのネメシス

本体一四〇〇円＋税

陰湿な手紙が届き落ち込むあゆみ。心配した太一郎がレストランへ連れ出す。太一郎が席を外した隙に、知らないおじいさんが近づいてきて……表題作ほか、書き下ろし短編、新あとがきを併録。

5 ★ そして、星へ行く船

本体一五〇〇円＋税

憧れの女性・レイディに拉致されてしまった、あゆみ。〈ある仕事〉をお願いしたいと持ちかけられる。その仕事内容は魅力的だが、理不尽な条件で……表題作ほか、「αだより」、書き下ろし短編と新あとがきを併録。